後來的幸福

鄺俊宇

序——《後來的幸福》

人的一生會遇見幾個人，第一位是在你還未懂甚麼是愛情就遇上，在懵懵懂懂的情況下開始，在不知道怎樣走下去的時候結束。感謝這個人，他讓你初遇愛情。然後，有經驗的你不敢再愛得那麼狠。遇見第二位，這一次你當被愛的那位吧，感覺如何？被愛不是很幸福嗎？結果你有沒有傷害了誰？感謝這個人，他讓你感受被愛的感覺。再之後，你開始隨際遇安排遇見不同的人，有你愛他的、有他愛你的、有最後無奈分開的、有相愛卻沒有在一起的。

兜兜轉轉，你才發現原來愛情是一件挺累人的事。

不知道那些人，今天都在哪裡了？有些可能已經不便聯絡，有些可能已經杳無音訊，但你知道他們都在各自的故事裡幸福吧。你有否幻想過，若然你聽見某一位前度要結婚的消息，你那刻的心情會是如何呢？或許當那一天真的來到，你聽見消息的一刻反而會非常平靜。對，一位曾教你心痛得呼天搶地的他，當你在很遠的後來，知道他得到了幸福的時候，你真的已經不太在意了。

那些人可能是曾經與你在一起，他們讓你更懂你自己，怎樣的相處才會令對方更舒服、怎樣的信任才會讓對方更溫暖、怎樣的表達才能使對方更心安，這些或許是從前的你也不知道的事情，但他們都一一讓你讀懂自己，畢竟我們本來最不了解的人，正是自己。

後來的幸福，蘊藏了過去的祝福，要感激生命裡出現過的人，有些人與你深深相愛過，讓你知道原來你可以有多愛一個人；有些人與你只差一線就可以開始，無奈的不辭而別過後，讓你知道錯過一個人原來是這麼痛；然後有一個人在剛剛好的時間出現，與你發生了剛剛好的愛情。說起來有趣，若然這個人早一點或晚一點出現，也未必能夠與你開始後來的幸福故事。但上天的安排往往就是如此玄妙，要在你受過一點傷之後，再安排你遇見這一位能治療你傷勢的人。

還未遇見嗎？放心，每一個人都有一份後來的幸福，只是遲或早的問題。在遇見之前，我們都要努力讓自己變得更好，好讓幸福忽然從天而降的時候，我們有能力捉緊它、留住它。

人的一生會遇見幾個人。

但願你所遇見的好人，能與你一樣，也找到後來的幸福。

鄺俊宇

二零二一年五月十九日

寫於TOOLSS

P.S. 謝謝妳。

目錄

玩笑

愛情總是喜歡開時間的玩笑，當他喜歡她時，她身邊仍有人；到她準備好跟他相愛，他又開始了另一段愛情。然而只有他和她才知道，他倆之間是曾經如此接近愛情，感覺甚至可能比一般戀人更親厚，但激情過後，他和她並沒有建立甚麼關係，後來也各自回到自己生命的軌跡。後來故事怎樣了？她可有繼續留意他？他又可有注意她的近況？這當然是有的，但抱歉，這不是一個「遞補遊戲」，不是等到她終於單身，他就可以立即補上，兩個人要在一起，除了當時兩人的情況，還得要講兩個人之間的感覺。

因為沒有真正在一起，於是對於兩人的關係也多了不少幻想的空間，若然當天與她順理成章地在一起，那麼故事會是怎樣？兩人會過得幸福嗎？兩個如此相襯的人不應該在一起嗎？怎麼換來的是一副帶著歉意的表情？因為她身邊有一位已一起很久的他？因為他有責任照顧另一個她？這當然明白，大概沒有人會想破壞另一對戀人之間的關係，於是只剩下兩個選項，一個是「忘記」，一個是「等待」。

你是選擇「忘記」還是「等待」的人？

等待對方分手，然後以為自己能夠補上，但最終故事有如願展開嗎？人們通常都是等不到的，因為等待的過程實在太辛苦，你不會知道自己能否等得到。或許當他終於單身，卻就不想再拍拖了，這沒有人能說得準，只因愛情往往像是剛開瓶的可樂，若不及時喝下去，當二氧化碳流失之後，你就會錯過可樂的可口。而你和她呢？在最甜蜜之時若然沒有開始，抱歉，你就未必能等到另一個與她開始的時機。但你沒有辦法，因為你只有這兩個選項，若然出現其他選項，就注定有人要受傷了。

男孩和女孩從未如此親近，是連呼吸聲都能清楚聽見的近，她淺笑想說些話之際，他先開口：「我要回去了。」

愛情總是喜歡開時間的玩笑。

有一種悲傷

樹洞收到了一位女孩的來信，讀完她的故事，希望用這篇文章替她與男孩留一個紀錄。儘管男孩已經沒辦法讀到這篇文章，但就當作讓女孩好好替故事劃上句號吧。

男孩和女孩一起了數年，和大多戀人一樣，會歡笑、會吵鬧，但從來沒有提過分手，只因兩人都非常喜歡對方。說起來，兩人的脾氣也是不相伯仲，但每次吵架的時候，彼此都不容許仇恨的情緒留到翌日。第二天早上，男孩總是會開開心心地與她講早晨。這真好，吵架可以，但請不要傷對方的心，畢竟跟自己喜歡的人吵架，這種感覺並不好受。

有一天，男孩忽然跟她說：「我們結婚好不好？雖然我甚麼也沒有，但妳也願意一直陪著我，和我一起努力。我答應你，我一定會永遠疼愛你。」

「這算是求婚嗎？」女孩苦笑，即使那刻沒有驚喜的求婚畫面，但男孩簡單的幾句，已足以讓女孩感到幸福，一份真正的幸福。

於是，男孩和女孩計劃好在哪裡拍攝婚紗照，訂造結婚戒指。兩人不打算「擺酒」，因為想一切從簡。對女孩來說，「有他在旁陪著我，已經很珍貴了」。數年以來，男孩是她的「飯腳、行山腳、睇戲腳、旅行腳」，他還替女孩改了很多暱稱，其他人聽到的時候會問：「為甚麼他會這樣叫你的啊？」但其實女孩非常樂在其中，覺得非常甜蜜，因為就只有男孩會以這些暱稱來叫她。

可是，甜蜜的日子好像忽然就消失了。

女孩永遠都會記得那一晚，她剛值完一夜通宵班，疲倦地準備回家睡覺之際，她忽然收到一個消息。那一刻，她跪坐在轉車站，眼淚一發不可收拾地流，但她又要立即趕去現場，於是她一邊哭一邊截車。幸好遇上一位好司機，立即把女孩送到現場。女孩永遠忘記不了那一程車，她腦海裡只有一句「為甚麼？為甚麼會這樣？」明明數個小時前，他才和女孩通完電話，還跟女孩說：「明晚見，記住我們的晚飯約定啊。」

數小時前，還笑著約我明晚吃飯。數小時後，男孩和女孩卻已經相隔了一個世界。

後來的事，女孩的記憶都有點模糊了。但為了不讓好友們擔心，她逼自己再堅強一點，專心替男孩辦理身後事。旁人都讚女孩堅強，但女孩只是苦笑而不說話。

儘管男孩已經離開了，女孩仍然繼續「單機」地跟男孩聊天，在電話裡把每天發生的東西或一些趣事傳給他，即使她知道男孩無法再回覆她；當女孩掛念他的聲音時，她會聽回男孩從前的錄音，聽了一遍又一遍；偶爾有飛蛾飛進屋裡的時候，女孩會跟他聊天；女孩每次夢見他都會抱怨，為何只夢到幾秒呢？女孩至今仍沒有收起男孩的東西，一切都放在原位。

男孩曾於上年的情人節跟女孩說「希望下一年不用戴口罩吧」，如今卻只剩下女孩一個人。

樹洞讀信至此都感到心痛，女孩說，她很想跟男孩說：「即使你已經離開了，我仍然遵守我們的約定，訂造了這枚結婚戒指，我知道這件事是你很用心地想出來的。」

樹洞想跟女孩說，你已經做得很好了。儘管男孩已身處在另一個世界，他仍然會在很遙遠的地方祝願你幸福。既然已發生的事情不能改變，那麼我們就應該努力改變將來。女孩，你之後一定要幸福，將來你會遇到另一位懂得疼你的人，而樹洞相信，在天國的男孩也同樣希望你幸福。

女孩，好好加油，好好生活，這是對男孩最大的報答。

還有你悉心照顧

人生的幸福之一，就是遇見一位懂得照顧你的人。你從前或許不察覺，反正也一個人活了那麼久，但直到這個人的出現，你才發現這世上真的會有一個人，能夠讓你的苦也變甜，他或她把你的事當成了自己的事，陪你一起想辦法，努力讓一切的壞也變好，從此之後，你不再是一個人。

伴你富貴容易，陪你吃苦艱難，生命裡總有高有低，在高處時你不察覺陪伴的重要。對，是陪伴，不是誰也願意陪伴你。同樣地，你容許在你失落時出現在你身旁的人也有限吧？就這樣，這個人成為了你的精神支柱，無論大事小事，你第一時間就想告訴他，而他亦非常樂意當你的聽眾，聽著你生活裡看似瑣碎的大小事。

「So I say I love you　只有愛恆久不枯　生活在劫難裡　心靈從未給沾污」

說愛容易，實踐困難。我們總是很容易說愛一個人，但真正的愛是恆久不枯的，他不會因為失去了新鮮感而冷落她，她不會因為對他生厭了而疏遠他。真正的愛能克服時間，兩人不會因時間久了而不愛，相反隨歲月的流逝而愈愛愈堅定，而且不須刻意說出口。

要知道，不說出口的愛不代表不存在，不說出口的愛，有時候反而更實在。

「即使要蒙著我嘴　我亦可高呼」

從前說過最感動的畫面，是一位公公牽著一位婆婆的手，在黃昏的公園裡散步，緩步而行。儘管步伐慢了也不要緊，兩人就這樣相扶持度春秋，時間彷彿不再重要，反正最愛的人已經在身邊，又何必擔心呢？

最愛的，應該怎樣去定義？漂亮的她？帥氣的他？要知道歲月會讓一切變得虛無，最實在的愛，始終是找對了最懂得照顧你的人。這個人懂得你脾氣，知道你有多孩子氣，然而她從來不介意，努力讓你變得更好，尤其在你脆弱之時，能讓你依靠。

這個人，你遇見了沒有？

「全憑愛令我堅持　還有你悉心照顧」

久遺了的熱潮，寫寫樹洞近期在聽的歌，替我們的廣東歌打氣。

被拖死的愛情

有些愛情，是被你親手拖死的。所謂「拖死」，是指你的猶豫不決，以為某一位會無止境地等你，但結果呢？她知道你根本不會給她答案，於是她自己回答自己，就在你不為意之際，她消失於你的生活裡。你回過神來，才發現她已經離開你好一段日子，這時候你才開始懷念她。

很諷刺，你覺得有所遺憾，那當初為何又不好好珍惜她呢？你無言，因為你從來沒有想過她真的會離開你，你以為時間還有很多，那同時你又浪費了她多少時光？她陪在你身邊，聽你訴苦、伴你快樂，但你好像從來沒有認真地看待與她的關係。反正曖曖昧昧也不錯，對你來說，你既能在沉悶時有人陪，也能享受不受其他人束縛的自由。

可是，愛情真的是這樣子嗎？真的可以永遠停留在某一個階段裡？世上的關係大多都是不進則退的，我們若然沒辦法一起走下去，就只能在某一個路口分開。沒有無止境的曖昧，沒有無止境的熱戀，也沒有無止境的停滯。在愛情裡，我們總要經過一站又一站，才能到達幸福的終點站。

但是你優柔寡斷，以為不作任何決定就可以不傷害到任何人，結果卻因為你不作決定，而傷害了她。不作決定的這個決定，本身就是最傷人的。她等了你多久？你清楚知道，所以當她決定好好跟你斷絕來往之時，你沒有抱怨。因為這個糟透的結局，是你自己選擇的。

「你覺得我們這種關係可以維持多久？」女孩問。

男孩默然，聳聳肩：「不知道，這問題很難回答呢。」每逢遇上令男孩頭痛的問題，男孩最喜歡的就是轉移話題，彷彿只要不提起，這個問題就不會存在。

「嗯，是嗎？」女孩別過臉，沒有再說下去了。對，沒有再說下去了，但這一幕的欲言又止，卻是男孩在失去她以後經常會憶起的畫面。

若然那一天，男孩能夠認真一點回答女孩的問題，他應該回答甚麼呢？

重點不在於他的答案，而是他的行動，但他甚麼也沒有做，就這樣兒戲地輕輕帶過。

難道他不知道女孩的心情？他知道，但他就是沒有處理。嗯，就這樣。

一段被拖死的愛情，在死亡之前總是如此不爽快。但這種近乎被凌遲的痛苦，相信只有經歷過的人才會明白。

人若變記憶便迷人

樹洞讀著信，讀到這樣的一個故事。

男孩和女孩是好朋友，也是工作上的好夥伴。女孩一直協助男孩的工作，恍如男孩的另一個腦袋，男孩差不多任何事都會與女孩商量。她樂意細聽，哪管是不是公事，女孩都願意陪伴他，而這一種陪伴，成為了男孩不可或缺的依賴。

除了工作，兩人還會細說生活、人生觀、愛情等等。有好一段時間，男孩有一個不太愛他的女朋友，男孩平日一聊到愛情就會不快樂，例如他約了女朋友，女朋友會因為不同的原因而失約，到後來差不多一個月才見男孩一次。男孩感到委屈，會很自然地告訴女孩，而女孩仍然樂於充當他的聽眾。

女孩喜歡他嗎？起初沒有，她也不覺得自己會喜歡他。日子久了，後來有一天男孩傷心地找女孩，告訴她：「我跟女朋友分手了。」

「那是真的分手還是吵架而已？」

「應該是真的分手了。」

女孩多年來聽著男孩訴說委屈，如今男孩終於與那位不太愛他，也不太懂珍惜他的女朋友分手。對男孩來說，這可算是一種解脫吧？那時候正值男孩在事業上須要拼搏的時刻，實在不值得他把心神花在那個不太愛他的女朋友身上。於是女孩設法鼓勵他，好讓他不要意志消沉，先好好應付眼前的這場仗。

女孩就是這樣樂於陪伴男孩。直到某一天，忽然而來的一吻，令她和他的關係更進一步，這是女孩從沒有預料過的，她問自己：「我真的喜歡他嗎？」「他真的已經放下那個不太愛他的女朋友了嗎？」雖然那時距離男孩上一段感情已經有一段時間，但女孩知道，男孩是非常愛那個不太愛他的女子。

其後短短的一段日子是非常愉快的，兩人可以坦白內心感受通處遊玩，女孩經常被男孩的稚氣逗樂，也因女孩太了解男孩，所以兩人在一起的時候，看起來是如此自然，只是「在一起」並不代表他倆已是戀人。沒有，他和她並沒成為正式的戀人。

「春天來到的時候，我們就開始，好嗎？」男孩曾經如此跟女孩說，說的時候是冬天，但最後春天來到，兩人並沒有開始，因為女孩清楚知道他根本未放開上一位。儘管時間相隔已久，但男孩仍未忘記上一位。這一點女孩非常清楚，因為女孩是最了解男孩的人。

真諷刺，正是因為了解，所以知道他到底在想甚麼。也因如此，女孩不想為難他，他既然不作決定，那就由女孩作改變的決定吧。女孩身邊本來不乏追求者，只是多年來陪伴著男孩，所以沒有時間去嘗試與另一些人發展。看，真傻，多年來究竟在等甚麼呢？

女孩嘗試與另一個人開始，也與男孩直接說了，而男孩的反應是：「是嗎？好啊，他是好人來的嗎？他對妳好嗎？」

他對我好嗎？哈，你竟然會作如此的反應。

後來，女孩有沒有與那一個人開始？也算有吧？只是開始了不足一兩個星期，就分手了。其實女孩並不太喜歡他？或許吧，但女孩與男孩的故事也還未落幕，女孩仍然留在男孩的附近，繼續聽著他說心事、訴說工作壓力。為甚麼？因為男孩太需要她，需要她繼續陪在身旁，女孩之後陪伴他好一段以年計的時間，最後才決定要真正地告別。

很遠的後來，男孩才開始懷念女孩的好。回想起來，為何她當天會願意留下來？為甚麼她寧願抵著痛，都要繼續裝作輕鬆陪伴男孩？或許有一段時間，女孩是真的很喜歡他。但可惜，他和她總是一而再、再而三地錯過，錯過可以在一起的時機。

樹洞讀完這封信，寫下了這篇文章。愛情裡最令人遺憾的事，莫過於應該相愛而沒有相愛。當你明明可以與她相愛時，你卻把心神浪費在不值得的人身上，時間過了以後，你又開始後悔，可是當天是誰親手放開這個人？

正是你自己吧？

在愛情裡，我們總是不停地重複犯錯。

與你了無關係

要學習祝福過去了的人，一點也不容易，你寧願用不想起、不提起的方法去逃避。但不知不覺間又度過了幾個秋冬，你忽然又在某一天記起這個人，怎麼你對他好像真的再沒有甚麼感覺了？記得當初失去這個他的時候，你痛入心扉，你以為你一輩子都不會忘記當天的那一種痛，但結果時間還是替你減輕了部分的傷痛。原來終有一天，他真的可以和你了無關係。

分手當刻，當然痛徹入骨，但真正的痛，卻是在分手的結局已定之後，在你的日常中浮現。原來已分開了半年？怎麼跟他逛街的回憶恍如昨天？那間餐廳仍在，你和他最喜歡點的菜仍在，就連那張雙人枱也沒有多大的變化，但今天就只有你一個人。不知怎地，你在經過某些地方時，他好像還在你身旁似的。他的側面，你仍然記得很清晰，你甚至想象得到，若然他在，他會用怎樣的語氣跟你聊天。你近來過得不如意嗎？他又會怎樣鼓勵你、安慰你？你統統都想象得到。

在你人生的某一段時間裡，他就是你的一部分，與你形影不離，但誰會想到有這樣的一天？他好像只停留在你人生裡的某一年，從此停滯。

「來，告訴我，你在煩惱甚麼？」

他笑著問女孩，大概知道女孩又遇上了頭痛的事，可能是與同事間的相處問題、可能是學業上的煩惱、可能是對人生應怎樣走下去的疑問。總之他就是願意當女孩的聽眾，好讓她把所有想說的說出來。

把問題說出來不代表能解決，但的確有一段時間，你在生活裡遇上的所有問題，哪管有多瑣碎，你都會想第一時間跟他說，這幾乎成為了你的習慣，也是他的習慣。只可惜在他離開之後，你好像再找不回相似的感覺。是因為後來的人不夠好？不，後來的人很好。只是那時候的你，剛好遇上那時候的他，兩個人也樂於聆聽，也渴望傾訴。嗯，剛剛好。

有時候，真的蠻懷念那時候的自己。而這個曾經能與你交換心事的人，後來怎麼會成了過去的人？原因都不再重要了，總之在今天，你不是屬於他的，他也不是屬於你的，聯絡也漸漸變得少了。沒辦法，你總不能無止境地留住過去了的人。

要到哪一天，當你想起這一位的時候，心裡的遺憾才不再那麼重？

看來，是你終於都練習好祝福他的時候。

他有多壞？

他坦白地告訴女孩：「我是一個壞男人。」

怎樣壞？在愛情上，你能想象到的壞事情，他差不多全都做盡了：有女友卻在外邊鬼混、承諾過不再犯的錯卻不斷重複、有時候在外邊喝醉了，就帶不同的女伴回家。

夠糟糕了吧？不，最糟糕的不是他有多壞，而是在這麼壞的他身邊，還有一個傻傻地待他好的人。對，她沒有離他而去，她很清醒，也清楚他有多糟糕，可是她就是離不開這個人。

女孩的朋友都勸她離開男孩，她聽過不少道理，也明白這樣子的相處根本稱不上愛情。他就是這麼壞、這麼爛，她在剛開始的時候就知道了，但為何她仍然這麼傻，去愛一個這麼糟糕的男人？

她或許曾經閃過一些念頭，認為她可以改變這個男人，只要她不離不棄，那男人總有一天會明白，會有所頓悟吧？

結果呢？還沒有等到他改變，女孩的心早已被一次又一次地傷透。

每一次吵架，東西被掃落一地，她激烈地掙扎，他與她在對罵。可是在情況糟糕得不能再糟糕的一刻，他忽然靜下來，伸手去撫她滿是淚的臉。然後呢？女孩瞬間就心軟，前一刻怒火還在燒，下一刻火就被撲熄了。

是他很懂安慰她？不，而是她太愛他，愛得只要他說一句，她就甚麼也不再追究了。

但這樣子的傷痛交纏，要維持到甚麼時候？

他是一個壞男人。但因為他仍擁有對他這麼好的你，所以他很幸福。

只是身在福中的人不知福，身在愛中的人不知痛。

我們依然走著

樹洞讀到這樣的一個故事。

男孩和女孩的工作相似，一開始認識彼此時都已相當了解對方。一些旁人未必明白的壓力，他和她一說就互通，這種難得的默契，令兩人很快就走近了。那時候，男孩上一段的感情落空了，於是他心存期待，希望能夠與女孩開始；女孩亦很配合，相處時也非常甜蜜。男孩以為他倆會順利地開始吧？但結果卻是出人意料的，因為女孩原來有男朋友。

男孩並不知情，還以為與女孩之間的曖昧已足夠開始，然而兩人並沒有成為戀人。那當然，因為她有男朋友。那麼男孩有離開嗎？也沒有，只因兩人仍然是朋友吧？於是相隔了一段時間，女孩又開始與男孩相處，只是兩人不多談起愛情的問題。對男孩來說，沒關係吧，反正是單身，加上與女孩只是朋友關係。兩人同行，能夠交換的心事和分擔的壓力都不少，故兩人開始了這段朋友以上、戀人以下的關係。

朋友以上、戀人以下，這個關係可以說是愛情裡最糟糕的狀態，只因它會不自覺地虛耗你的青春，而身在其中的你，往往覺得時間還有很多。反正也需要人陪，那不如繼續曖昧下去吧，不用負太多責任，也不用講太多將來。

但事實呢？這種關係可以維持多久？應該問，這種關係可以拖多久呢？兩人明知道彼此不止是朋友，卻沒有正式成為男女朋友。其後在一起的時間長得數以年計，甚至女孩已經和本來的男朋友分手了，但她還是沒有與男孩開始。為甚麼呢？不一定有原因，故事不一定是女孩回復單身，就與男孩開始新的關係。他們可以繼續漫無目的地在一起，繼續這種糟糕透頂的狀態。

可是，這段關係又能拖到多久呢？青春有限，你能夠和她這樣子一年？兩年？三年？還是就這樣一直下去？若有一天，她終於遇見真正喜歡的人，而你也遇到令你心動的人，那麼這段關係應該怎樣結束？不，這段關係根本沒有開始，談何結束？

愛情裡寸步難行的感覺，通常都是自找的。若然當天沒有開始「朋友以上」的關係、若然當天在合適時間下決心開始、若然當天沒有放不開誰的苦惱，那麼今天的兩人，能否成為幸福的一對？

明白，這種關係也有好處，你和她都不用背負太多責任。可是，關係是有重量的，若然沒有「太多」的責任，那麼這種關係也只會是輕飄飄的。就算有愛，亦一吹就散。

故事中的主角問樹洞：「樹洞，你猜我倆最後會怎樣？」

「我不知道。」樹洞苦笑：「或許當你下一次翻開這本書的時候，就會有答案。」

訣別

那個人終於選擇與你訣別了，訣別的意思，是從此在你的生活裡消失，而且消失得非常徹底。她不是沒有回來過，然而去又來之後，她這一次決定了，若不好好與你告別，她根本不能得到真真正正的幸福。

有些戀人分手以後，兩人還是會維持一定程度的交往，那是一種難以言喻的關係，彼此也清楚知道對方不太可能與自己復合，但又不會像分手初期般傷痛欲絕。然後時光流逝，兩人都有各自的際遇，也有各自應該要遇見的幸福，然而兩人還是保持著這種交往，就算對方身邊已另有他人，但兩人仍不想剪斷彼此之間的線。直至某一天，其中一位終於察覺，再這樣無止境地糾纏下去是不行的，儘管兩人清楚知道不會再走在一起了，但心裡總是騰空一個這樣的位置給對方，自己總是不能夠專心地愛後來的人。

有些人總是會自欺欺人，認為只要理性上分得清楚就可以，繼續與舊的某人維持朋友以上、戀人未滿的關係，既不用觸碰遺憾的傷口，又可以繼續各自的幸福，這聽起來不是很好嗎？對，是很好的，但老實說，若有一位舊的人，不知道是因為甚麼理由在你心裡留了下來，就算你們在現實中分手了，但你和她真的從此訣別了嗎？不，你只不過是用另一種自私的方法留住她，然後用聽起來好像是對的理論來說服自己。你的確沒有留住她，但你也不想她從此在你的生命裡消失。

說穿了，這不是愛，這是自私。你很喜歡那時候的你，也很喜歡那時候的她，然而那時候的你和她都已經不在了，這一點必須要說清楚，尤其提醒那些喜歡沉溺在回憶裡卻不自知的朋友。你從來沒有想過，她為何在跟你分手以後，仍然願意留在你的視線裡？她想你找回她嗎？或許她曾這樣想過，但當她終於遇見一個比你更懂得疼她的人，她也會開始納悶，她到底在等甚麼？難道她在等那一個曾經給她很多愛的男孩回來？但這真的合乎現實嗎？

於是，她終於與你訣別了。

可是你要到多遠的將來，才會真正明白這一刻的她有多痛？

你以為你很痛苦，

你以為你很痛苦，

但其實你根本不懂在等你的人更痛苦。

但其實你根本不懂
在等你的人更痛苦

沒有人可以無止境地等你，

沒有人可以無止境地等你，

就算再愛你的人，
這份愛也不能無止境地懸空。

就算再愛你的人，
這份愛也不能被無止境地懸空。

兩個人，多擠迫

近來的信多了，樹洞又讀到一個故事。

一次意外，令男孩和女孩忽然走近了。常說愛情總是會忽然間從天而降，每每在你還未準備好的時候出現。然而兩人真的還未準備好，因為女孩有男朋友，儘管他們的感情已疏淡如水。而男孩呢？則與另一位說不上是戀人、也不單是朋友的女生在一起。起初兩人未有太多的準備迎接關係的轉變，甚至有想過「不如算吧，當睡醒了就當沒有事發生吧？」但上天沒有讓他和她走散，那時正是天昏地暗的日子，兩人互相幫忙，互相扶持，也漸漸成為了彼此不可或缺的夥伴。

若然可以讓男孩和女孩隨自己真正的意願去選擇，他和她會有怎樣的答案？如果是女孩，她可以說是準備好了，她可以為男孩而選擇放棄，下決心結束本來那段或看不見將來的關係。可是男孩呢？抱歉，他未能乾脆地下決定，只因另一位女生身患重症，恍如電影情節，她的生命隨時會結束，所以男孩不忍在這個時候離開那位女生。有點諷刺，若然真的憑良心來說，男孩和女孩從起初就不應該走近了。

女孩不明白，她甚至下決定了，畢竟愛情裡的拖拉，最終只會令各人更受傷。她本來就要處理與男朋友的關係，就算沒有男孩的出現，她知道自己亦難以維持這段相當折騰的關係。女孩亦當然明白男孩的處境，但是愛情就是愛情，若然不好好把握開始的時間，那麼兩人最終也只能分開。

「你覺得我們最後能夠在一起嗎？」女孩問。

「我覺得我們最後會在一起。」男孩說。

「那麼總需要有個時間吧？」

「對不起。」

在某些時候，愛情裡最讓人討厭的一句話是「對不起」。當死結不能解開時，人往往都以一句「對不起」回應，然後就陷入那種令人窒息的沉默。女孩渴望答案，就算要她等，都請給她一個時間吧？而男孩呢？他飾演那個為另一位女生付出的角色，最終又得到甚麼？若然是真正的幸福，怎麼一直沒有與她成為戀人，而是這種一言難盡的關係？

男孩清楚知道，女孩是他一直期待遇見的人。若然此刻身無責任，其實是可以發展的，只是他在等甚麼呢？他自己也沒有答案。

男孩問樹洞：「我應該怎樣做才好？」

樹洞感到奇怪：「若然你跟那一位女生只是好朋友，那麼她理應不會干擾到你的愛情？」

看來，男孩不是要處理怎樣與另一位女生「分手」，他們根本沒有開始又談何「分手」？男孩自己要清楚，愛情是愛情，友情是友情，就算他與女孩正式在一起，也不代表從此就要與另一位女生老死不相往來。相信這也不是女孩所願，因為愛一個人就會努力諒解他的處境。若然有足夠的諒解，自然便會為對方留空間。

不知道，男孩和女孩到後來會怎樣？

別忘記，人生裡有不少抉擇，最後都會交回你手上。

我要將你拯救

有讀者來信跟樹洞說這樣的故事。

女孩的戀愛運一直都不好，曾經遇上渣男，對她造成的傷害非常深。就在她最傷痛之時，她遇上另一位男生，女孩問過自己：「我是真的喜歡這個人的嗎？」她沒有答案，沒關係吧，就先試試與他在一起，然後一起之後就是數年。女孩快樂嗎？她不知道，也沒有答案，與那位男生的熱戀期很快就過，兩人很快就回歸平淡的關係，但正因為平淡，兩人也習慣這種關係，於是誰也沒有打算改變。

若然平淡相處了好幾年的時光，應該要討論結婚的問題了？女孩心裡沒太多的想法，而他呢？也是淡然地面對，誰也沒有再推進這關係。這樣的相處可以嗎？可以的，但時間如水，青春也有限，女孩亦開始問自己另一個問題：「我真的可以與這個人度下半輩子？」

就在這時候，上天安排她遇見了另一位男孩，真奇怪，是刻意作弄女孩的嗎？女孩有關係在身，而男孩也有責任在身，但兩人就是這樣莫名奇妙地走近了。女孩喜歡男孩的善良，男孩也喜歡女孩的體貼，她會想辦法替男孩分憂，他亦希望減輕女孩的壓力。兩人同時在人生裡最寂寞的時刻遇上，也迅速令彼此心裡冷卻多時的愛情熾熱起來。

「我很想與你在一起。」

「我也是。」

所有條件都集齊了，只是兩人也各有關係與責任要處理？可是關係與責任是否按下一個鍵就能處理掉？這的確令兩人神傷，因為兩人同時都面對不同的處境，儘管有多體諒對方，這種關係也不能維持太久，總要訂一個時限吧？若然時限到，能夠在一起就在一起；若不能在一起，就只能怪緣分不夠？

對男孩來說，能夠遇見這一位待他如此體貼的女孩，是上天賜他的一份禮物吧？但他有一些責任必須履行，而履行責任則需要時間。而女孩呢？她在等男孩，等待本身已夠折騰，但不知道最終是否能夠等得到，這才是令人煩憂的問題。

其實，會不會有人能夠在這時候拯救女孩？所指的拯救，是讓她面對一段她自己也不知道是否能夠幸福的關係。就像時間夠了，所以她和他就要談婚姻。可以結婚嗎？可以吧？但這是愛情的感覺嗎？女孩不知道，相反她在男孩身上卻找到些遺忘了數年的感覺。

「我很想與你在一起。」

「我也是。」男孩說：「只是，你會願意等我嗎？」

有些人，在心底從來沒忘記

女孩跟樹洞說，這是一個無可奈何的愛情故事，嗯，應該算是愛情故事吧？女孩與男孩結伴了數年之久，兩人喜歡在夜裡坐在海旁默默看海，訴說著彼此人生的理想。可幸的是，男孩與女孩訴說著的人生目標，都好像在幾年間一一達成了。

男孩跟女孩笑說：「我覺得妳就像我的小腦一樣。」

意思是指女孩差不多知道男孩的所有事，無論大小的事情，她都知道。她每次一見到男孩就會問：「來告訴我，你近來怎樣？」難得有一位如此願意聽男孩說話的女孩，男孩當然不亦樂乎地說著，每次都毫無保留地說，這彷彿也成為了他和她之間的習慣，事無大小也立即分享。

若然問男孩：「你人生裡哪一次旅行最開心？」應該是那一次吧？正是與女孩一起

去的那一次，由大街吃到小巷、在農場與羊群遊玩、遊走各間新舊的書店。兩人相約早起去看日出，結果誰也不願離開暖暖的被單，女孩建議：「我們不如退而求其次在床上看日出吧？」男孩和議：「好提議！」結果兩人就這樣看窗外的日出。沒所謂吧，這樣子的傻瓜事，才會教人記一輩子。

那時候，女孩曾以為能夠與這個彼此都相當了解的男孩在一起。但正因為她夠了解男孩，她才知道男孩並不可以與她在一起，皆因男孩還未放開上一任吧？真可笑，女孩清楚知道男孩的前度是如何傷害他的，因為那時候的她以好朋友的身份聽過太多了，但人就是犯賤的吧？男孩的確未完全放開那個傷害他極深的前度。就算分手已有半年，男孩就是還未放得開，所以他和女孩的關係，一定都不是正式的情侶。

現在回望，男孩會後悔嗎？會吧，因為他如今才知道，女孩在他身旁等待了多久，到女孩後來消失了，他才問自己：「為何那一年，我不好好和她正式開始？」

那一次旅行，男孩因工作要先回程，要早一天告別女孩。只是早一天，聽起來好像沒甚麼關係，但要一個人留在異地的女孩，眼淚卻嘩啦嘩啦地掉下來。她哭並不是因為一個人太寂寞，而是與男孩離別的感覺讓她痛心。男孩事後也很後悔，那次應該要與女孩一起離開，這樣子的旅行才算完滿吧？要知道一段旅行的尾聲，兩人一起執拾行李、一起坐車往機場、一起辦理出境手續，再一起上機回家，這些動作要一起完成，感覺才夠完整吧？

可是，男孩和女孩沒有，就像他和她後來的故事，不完整地結束了。

若然給男孩再選擇一次，他會丟下女孩不理先回程嗎？不，應該問男孩若然能再選擇多一次，他會不會在那一年好好捉緊女孩？

「我會。」男孩說。

都不要緊，反正都過去了，那一年不會再回來了。嗯，就這樣。

仍然可以彼此幫助

主動跟樹洞講故事的人有很多，全因為樹洞會替讀者們守祕密，當中有一個這樣的故事。

男孩和女孩識於微時，一直互相照顧，雖然不是戀人，但有一段時間卻比戀人更親厚。即使相處多年，兩人也沒有刻意就彼此的關係討論過。既然兩人都不介意用這種關係相待，也沒關係吧？直到有一夜，他和她在回家的路上，不知是誰先提起，於是兩人認真地討論了一次。

「我倆的關係到底是怎麼樣的？是戀人？還是好朋友？」

「嗯，對我來說，是好朋友。」

「我有想過，若然我們要發展，我應該要重新追求你？」男孩苦笑：「但我們好像又不是愛情的關係。」

原來兩人之前有不下數次的機會開始，但每一次都不成功，然而兩人卻這樣繼續相待，只是好朋友嗎？好像又不是，但誰也沒有再提出改變。就這樣，男孩與女孩彼此蹉跎，仍然可以彼此幫助，互相陪伴了多個沉悶的夜晚。

「若然我與另一位女孩開始？我是說如果，到時候你又會怎麼樣？」

「我想，我應該會想知道那位女孩是誰吧？」

兩人的話題總是會沒頭沒腦地開始，也會沒頭沒腦地結束。沒辦法，愛情不會永遠停留在某種狀態，若然在某個時刻沒有推進，那麼兩人就只會停留在原本的位置，可憐得連彼此是朋友還是戀人也不清楚。有人會身處在這種關係裡嗎？有的，而且不少，這些人大多是在愛情裡跌痛過，其後為了迴避痛楚，才不敢胡亂再開始一段新的戀情。但不敢胡亂開始，不代表就不去開始，可是有些人就是太謹慎、太小心，想計算好所有事情後才開始。

可是，愛情是能夠計算的嗎？

「我想，我們不會永遠停留在這種關係裡。」男孩自顧自地說：「只是我也幻想不到我倆的未來可以是怎麼樣的。」

「嗯。」女孩緩緩地說：「應該是吧？」

男孩吸了一口氣：「但是，我希望就算日後我倆沒有在一起，也會祝福彼此好好地過。」

「好啊，」女孩回話：「等我生完你的氣之後吧。」

陪你走下去

這樣子，路再長也不怕。兩個人走，路沒有因此而縮短，但卻多了一點支持心靈的力量，為甚麼？因為孤獨會增加無力感，路愈走愈累，要驅散無力感，我們都要找同伴。

路難走，一個人走會辛苦。知道你很堅強，但要明白我們都須要找一個容許你脆弱的人。若你能打開心扉，說不定這個伴早已在你附近。

愛情有時候也得要講運氣。走在崎嶇的路上，你以為只能夠靠你自己的時候，看看身邊，說不定真的有一個人在留意著你，想及時來扶你一把。患難時會看見誰真正地對你好，經歷過的人就會明白，原來世上真的會有一個人緊張你，比緊張他自己更緊張你。

你從前也遇見過不少看似會陪你走下去的人吧？你一次又一次抱著希望，再一次又一次失望。當經歷了好幾遍高低起伏之後，你好像放棄了，也開始對愛情這回事失去信心。沒辦法，太難遇見一個值得愛的人，就算你已經準備好，也不知道應該把愛放在哪一個人身上。

人生也像是這樣的一段路吧？有高有低，有平坦有崎嶇，路平坦時或許有不少人在你身邊，但更重要的，是崎嶇時誰還留在你身邊。這不是一個輕鬆的玩笑，我們要找到這個伴，不是在順境時才陪在你身邊，而是在形勢惡劣時都不會丟下你不理，這個伴並不容易找得到。

路難走，一個人走會辛苦，那麼兩個人呢？路程沒變，但當身邊有另一個人陪你走的時候，你會發現路好像沒那麼難走了。只因兩個人在一起的時候，壓力自然會分半，他願意陪你分擔、你願意與他並肩。其實我們都在找這樣的一個人，一個無論多辛苦都會陪你走下去的人。

本文曾刊登於 UBeauty「Column 專欄」

偶爾想起的他

回憶裡，總有這樣的一個人，你不會因歲月漸長而忘記他。就算到現在，你腦海也會忽然浮起這個人的臉，憶起某年與他曾到過某個地方，確實是哪個地方你甚至已經忘記了，但你還是會記得那時候與他在一起的心情、那一夜的溫度，那時候身邊的人流如鯽。

一個人仍然能夠如此影響著你，他本人可能都不會知道自己有這種能力，不要緊，或許你對他來說也有同樣的影響力。你倆在微時相遇，曾經走進彼此的心扉，無所不談，兩人對彼此亦無所不知，相處得好不快樂。那時候的你和他會想將來，逛傢具店時會自然地構想未來的家，廚房要怎樣佈置、客廳要有張怎樣的茶几，還要有張按摩椅等等，然後你和他就可以在這個家裡過著幸福的日子。

後來呢？那個構想中的家有出現嗎？還是隨著兩人走散後，就不知不覺地消散在時空裡？如果這世上真的存在平行時空，不知道若那天男孩和女孩沒選擇分手、沒選擇掉頭就走、沒選擇從此各走各路，這個家最終會出現嗎？

愛情有時候很奇怪，讓我們總是會不斷問自己奇怪的問題，例如如果當初沒分手，後來又會怎麼樣？

在夜裡獨自回家的路上，我們偶爾都會記起某些人，不知道他這一刻是否還安好？從前回家的路上有他的陪伴，但後來你會發現，獨自踏上回家的路，是人生必經的練習之一，我們總要在失去某一個人之後努力如常生活。要繼續如常生活，就要先騙自己沒有事。

若然當初沒分手，不知後來又可以撐多久，還是最終都要分手？

本文曾刊登於UBeauty「Column專欄」

麵包與愛情

有沒有這樣一位前度，你最後要跟他做回朋友？所指的是你也是逼於無奈，可能是工作關係而無法與他斷絕來往，或是其他情理上的原因，你要繼續與他保持著朋友關係。就算你心裡再掛念，但抱歉，他繼續聯繫你的原因與愛情並無關係。

感性與理性真的能獨立分開嗎？你心裡仍然對這個人有感覺，但你不斷告訴自己：千萬別再沉下去。這是很容易會遇見的情況，偶爾你又跟他聊天，儘管話題都與工作有關，但你的確與這位前度在聊天。你會想知道他近來過得怎樣嗎？沒有你的日子，他過得還好嗎？還是沒有你之後，他還是過得很不錯？誰陪在他的身邊，取代了你當年的位置？他跟你聊天時，會不會如你一樣忐忑？還是他早已理性得忘記了你曾經是他的戀人？

有些人的確能做到，是愛情就是愛情、是工作就是工作、是陌路人就是陌路人。

有時候都蠻佩服那些理性得可怕的人，起碼他們看起來是不會受感情事所影響，若因為工作而須要聯絡你，他還是可以很專業、很有禮貌、很得體地與你聯繫。你差點忘記他曾經是你的戀人，也差點忘記他是曾經令你哭得死去活來的人。同樣你也表現得不錯，至少你看似很堅強，恍如沒有發生過任何事般與他聊天。

沒辦法，你總不能讓自己脆弱，尤其在這個你仍然會在意的人面前。

跟前度做回真正的朋友，不容易。

但你總會說服你自己：工作是工作，愛情是愛情。

本文曾刊登於 UBeauty「Column 專欄」

這關係能維持多久呢？

你不知道你跟這個人會繼續維持這種關係多久，你也知道這種關係並不是永恆的，但你都不理會了，只管過得一天就一天，快樂多一天就一天。你的愛情經歷都算豐富，不是從前的小孩子，你知道有些人若你不去爭取，他是不會留在你身邊的，但你只能苦笑，因為要改變這種關係，談何容易？

經歷過的人會明白，愛情裡有很多種關係，並不是兩個人簡單地愛著彼此，就能在一起。若然可以如此簡單就好了，其實我們渴望的正是這種愛情吧？一個人愛一個人，然後兩個人名正言順地在一起。然而在現實中，總會有「簡單愛情」以外的關係，怎樣說呢？兩個人的確在一起，卻沒有正式的名分。大家也習慣了這樣相處，想見對方的時候就能見、想對方陪的時候就出現、想訴苦的時候就會聽，兩個人恍如情侶，甚或比某些情侶更親密，然而兩個人並沒有確實的關係。要從此不見嗎？好，我倆從此不相見。

怎麼會發展出這種關係？沒人想的，只是愛情的發展也受成長的過程影響，若成長時出了些問題，那麼成長後就不容易更正起初的問題吧？愈有戀愛經驗的人，愈容易犯這樣的錯，因為你試過受傷，於是你不會輕易答應開始一段愛情，長期處於觀望的狀態，結果觀望到連愛情降溫了也不自知，兩個人仍然在這裡，可惜兩人也不再在這裡了。

怎樣？很難懂嗎？其實並不，經歷過的人就會明白嘛。正如讀著這篇文章的某人，同時想起了心裡的某個誰吧？或許時間還有很多，我們都不急於改變一些關係。可是會不會到某一天，你又會後悔，後悔起初沒勇氣去改變關係？結果關係和距離都穩定下來了，你和他卻只能繼續維持現在的關係而已。

這關係會維持多久呢？

你和他或許也會問這個問題。

本文曾刊登於 UBeauty「Column 專欄」

我不等你了

你知道那個人等你等得夠久了，然而你還未決定好愛不愛他。在你得不到某一個人的愛時，上天對你真的很好，安排了這樣的一位在你身邊。在這段你最脆弱的時間裡，他對你照顧有加，他的心意你是清楚的，然而你卻左顧右盼，你在等甚麼呢？難道在等那一個連你自己也知道不應該再等的他？

愛情與時間的確有著微妙的關係，這一刻是他在等你，下一刻是你終於回頭卻見不到他。緣來緣去，有時候就真的只能怪你自己太多情，以為有時間可以挑選更好的人？以為上一個他總會回來？結果你被人傷害了，但你同時卻在傷害其他人，尤其當你傷害的人同時也是愛護你的人，這樣子你真的能接受嗎？

這世上沒有人必然要等你，但願意等你的人都是很疼你的，他甚至明白自己只是後補，但後補又如何？他心甘命抵，只要你幸福，他甚至願意隨時出現。只是他也察覺，你在等的人根本不值得你等，然而你卻是如此自虐。他心痛不是因為你不選他，他心痛的是你選錯人來愛。

那個他真的值得你等嗎？你回答不來，然而你卻等了那麼久。這種感覺他明白，因為他也是在等的人，他就等著你說一句「我放下他了」，然後可以心無旁鶩地與他開始。比耐性，你不弱，但他也不算差，他也記不起自己等你多久了。

回到正題，面對這個問題，你還打算拖延多久？時間有限、青春有限，不想你拖延太久，只因你日後回想起這段時間的自己，你一定會後悔，因為你既等不到你朝思暮想的那個他，又待薄那個多麼愛你而又願意等你的他，你以為他會一直在你身邊，但抱歉，就算耐性再多，也敵不過時間的折磨。

他等你已經多久了？而你又讓他期待多久了？當你以為這種等待可以是無止境的時候，原來時間總會替你倆作抉擇。終有一天你會忽然察覺，怎麼他好像消失了？別怪他，因為在他下這個決定前，受過的傷害不會比你少。

「我不等你了，但就算沒有我在，請你也要好好照顧自己，知道嗎？」

不再見，才能與最快樂的自己相見

是怎樣的一個人，能夠令你從此不想再見到他？所指的不想再見，並非指你分手後因太傷痛而不想再見他，而是某一天，你打從心底裡覺得真的夠了，你真的不想再見到這個人了。在這之前，你或許曾經歷過無數次以為自己已放手，然後又發現自己原來還未忘記的矛盾；然而到這一刻，你終於明白你可以一輩子都不再見這個人，不是你勉強你自己，而是你由衷覺得，這個人應該要從你的生命裡消失了。

這種狀態叫「死心」，是你終於對某一個人再無任何感覺。是你已經放下了嗎？不，反而是因為你太愛他，愛得把你自己都囚禁了，要經歷一段很長的時間，甚至以「年」做單位，你才能夠真的再次呼吸新鮮的空氣。

你曾經認定這個人是你的未來，然而這個人所期望的未來裡根本沒有你。

我們很多人都經歷過自我囚禁的歲月，被囚禁時卻不自知，直到某一天你發現「怎麼我好像愈來愈不懂笑？」曾經很簡單的快樂，自那個人狠心地決定拋下你之後，就一併從你的世界裡消失。然後你就不自覺地把自己囚禁起來，強迫自己工作、強迫自己忙碌、強迫自己快樂，你多次以為自己已經康復了，然而心裡的傷口猶在，只是你碰不到的時候它不作痛。

那麼何時才能脫離這種苦難？若你不狠下心腸作一個決定，你根本難以抽身，重新出發。我們要承認有些前度值得你與他當回好朋友，但有一些前度，你是真的要與他一刀兩斷。有時候還能夠與一些過去了的人表面上嘻嘻哈哈，不代表你真的釋懷了，你只是可憐得連自己也欺騙。說著你根本不介意與前度做回好朋友，但抱歉，這根本是一種自虐，一種徹頭徹尾的自虐。

是怎樣的一個人，能夠令你從此不想再見到他？

其實不再見，你才能夠與最快樂的自己相見。

時限一到，

時限一到，

就不應為那一個人而傷心。

就不應再為那一個人而傷心。

那個他，

根本不值得

如此好的你留戀。

那個他，根本不值得如此好的你留戀。

替傷心訂一個時限，

替傷心訂一個時限，

多謝當天傷害你的人

有時候，真的要多謝當天傷害你的那個人，不是嗎？你終於都捱過那段天昏地暗的日子，曾經以為不能失去他、曾經以為你不可能一個人過活、曾經以為這個他就是你的全世界，原來當你克服了，你才發現你一直放不開的那個他，其實是垃圾，不折不扣的垃圾。

這真有趣，你曾經不捨的那個人原來是垃圾嗎？那麼你為何會如此留戀？這問題考起了不少人，只能說當我們太執著為何會失去那個他的時候，就很容易陷入不容許自己失去他的境地。這種執念只會令你愈陷愈深，到後來你甚至忘記了為何會愛上這個人，你只執著你絕不能失去他。你不應該再找他了，但你仍然把他放在心裡，以為這樣子留一個位置給他，他就不會成為過去式。

我們太執著於要留住一個人，就會忘了問自己，其實你真的還愛著一個這麼糟糕的人嗎？

你只在意不能失去他，就算他去意已決，甚至你明知道他已經和其他人風流快活，但你仍然不想放下他，只因為你不甘心，不甘心連自己錯在哪裡也不知道，就讓他替這份愛情判了殘忍的死刑。怎麼了？說穿了嗎？他明明是垃圾，怎麼值得如此好的你繼續留戀？

還未捱過那個階段的人，是怎樣也想不通如何能令自己解脫的，她只會繼續滯留。再找他的話會賠掉自尊嗎？那好吧，我不再找他好了，我只在心裡繼續懷念他，這樣不會打擾到任何人吧？對，你沒有打擾其他人，但你卻在折磨你自己。

若無止境去愛一個放棄愛你的人，抱歉，這不算是愛情，這是你自以為是的長情。

你必須要思考的是：既然傷害已經發生，你受的傷也夠重了，那麼你應該怎樣做才能從這段糟糕透頂的經歷裡得到智慧？對，每段看似糟糕透頂的經歷背後，都有能夠讓你一夜長大的智慧，我們不少人都是從情傷中活過來的，然後漸漸變得成熟。為甚麼？因為你終於都明白，不是世上所有事，只要你努力就能留得住。

要多謝當天傷害你的那個人，首先你就要成就一個更好的自己；要讓當天選擇放棄你的人感到後悔，只要活得愈來愈漂亮，就是對那個人最大的報復了。

後來你才懂的事

曾說過愛情是有報應的，你曾經怎樣傷害人，後來你就會經歷怎樣的傷害。你曾經冷待過很愛你的人、你曾經輕視過很愛你的人、你曾經傷害過很愛你的人，那時候你不以為意，甚至合理化自己所做的事情，認為這是正常不過的，結果呢？竟然到你後來經歷類似的傷害的時候，你才發覺原來遭你很愛的人冷待、輕視和傷害，感覺是如此難受，但這些都是你後來才懂的事情。你或許會感到內疚，甚至想補救，但抱歉，有些人你一旦失去，就再也不能回頭。

你有沒有當過傷害人的那一位？那時候你的確認為自己所做的事是正常不過的，甚至認為日後絕不會後悔，但長大一點後，你不得不承認當時的幼稚。愛情是一種修練，我們都曾經以為自己很懂得愛一個人，但原來我們最愛的人只不過是自己。

再後來，你遇見了一位蠻能傷害你的人，這有點可笑，他或許並非真的想傷害你，只是你用錯了方法去愛一個人，結果愈愛就愈辛苦。你也經歷過等一個訊息、等一個電話的痛苦，這聽起來很不成熟，但愛情不就是能讓你狠狠地幼稚嗎？我們因為太愛一個人，令我們失去了自己。

很多時候，我們會先想對方再想自己，凡事都把對方放在第一位，這本沒有不妥，只是若那個人不是以同一分量來愛你呢？或你認為他沒有像你愛他那般愛你？愛不能被量化，但我們卻時常在計算，太愛對方的人會嫌對方不夠愛自己，被愛太多的人又會嫌對方太過壓迫自己。

你當過太愛對方的人，也當過被愛太多的人嗎？這恍如一個天秤，兩邊都不能太重，因為一旦失衡你就很難拿捏怎樣去愛一個人。有時候我們都會很苦惱，為何好端端的一段愛情，會從兩人最初的彼此相愛，到最後變成互相傷害？

愛情是一種經驗的累積，我們都在修練當中，與幸福還有一段距離，這不是因為路太長，而是我們都在某些胡同打轉，走了不少冤枉路。期間你曾經遇見過對的人，也曾經遇見過錯的人，對的人未必能與你白頭到老，錯的人未必會與你一刀兩斷，這是人生裡的無奈，好像總要我們繞一點路才會在對的時間遇見對的人。

在這個時間到來之前，你會遇見不少人，有時你會愛人多一點、有時你會被愛多一點，這些會成為你愛情的經驗，也會化成愛情成長的養分，就算你後來跟他分手了，與他一起的回憶也會留下來，陪你繼續走未來的愛情路。

年少多好

有時候，我們會很懷念某個時期的自己。那時候的你年紀或許還輕，還未懂得「愛人先要懂愛自己」的道理，結果你愛上某一個人了，而且愛得很用力。你差不多把可以付出的都付出了，你以為你付出愈多，就愈能夠得到他的愛，可是事與願違，你很用力去愛，那個人卻好像沒有多大的感覺。

你試過當那個很愛對方的角色嗎？你愛他，愛得比愛你自己更多，你曾以為愛情就是這樣子。結果到了某一天，他不在了，你在一些舊物裡找到些與他相關的回憶，你先是苦笑，再一陣黯然，或許這一刻你終於明白怎樣可以留住他，但一切已經太遲了。成長就是這麼殘忍的一回事，你如今終於成熟了，但當天還年少的他已經不在了。

青春裡，我們會遇見好幾位很重要的人，當中有一位，你可能如今已經不會再跟他聯絡了。沒辦法，你和他都有各自的人生，我們總不能忽然裝傻，裝作過去數年沒有發生過任何事。事實是，他離開你，你沒有留住他，就這樣，曾經朝夕相對的兩人，最終都成為了陌路人。然而現在這個陌生人，好像仍然完好地活在你心底裡。只要你一回憶，就好像立即回到那個初夏，那個他仍然會牽著你手在街上走，嬉笑聲彷彿仍圍繞在你和他身邊的初夏。那時候很美好，或許正是你青春裡最美好的時光。

最好的，往往是你最後得不到的，正因如此，我們才會有無窮美化那份愛情的空間。說穿了，其實當中或多或少是我們對逝去的愛情的幻想吧？若那時候沒有跟他分手，今天你又會和他過著怎樣的幸福生活？還是，就算當天不分開，你和他最終都不會得到你幻想中的幸福？

有時候，我們會很懷念某個時期的自己。

只因那時候的你，仍然擁有年少時對愛情獨有的那種心跳。

你應該要憎恨他

你應該要憎恨他，然而你沒有。相反你仍然可以與他如常聯繫，就如普通朋友一樣，有時候你也很佩服你自己，為甚麼可以真的當作與他沒有發生過任何事，你和他彷彿從來沒有相戀過，不然分手了的舊戀人怎麼可以像普通朋友一樣？不，有些人的確能做到的，分手後成為彼此的普通朋友，不過這要經歷一段頗長的時間，你和他也得要理解到彼此不會再在一起的事實，然後心無旁騖地做朋友。

這容易做到嗎？當然不容易，你試想想他告訴你，他終於開始另一段感情了、他終於準備與另一個人結婚了、他終於要走進人生的另一個階段了，而你作為朋友也只能以朋友的角色來祝福。這不能欺騙自己，你是真心想他幸福嗎？而同時你也得說服自己，他的幸福並不是你。

真的會有這樣的一天嗎？若讀著文章的你剛與他分手，他跟你說你可以與他做回朋友，你會覺得這是天方夜譚。然而，總有一天你對這個人，竟然再沒有甚麼感覺。你沒有要愛他的感覺，也沒有要恨他的感覺，這個人對你來說是一個過去了的人，就這樣簡單而已。在這之前，你當然要經歷很多的掙扎，但最終你都會撐得過來，然後你會感到有點可笑，為甚麼你曾經愛這個人愛得如此卑微？

有一些恨是無謂的，這需要時間來領悟。還在成長的你或許不明白，但當你以為眼前的事已令你最痛，抱歉，日後你一定會遇到令你更痛的。沒辦法，這就是成長，成長是你一次又一次以為自己已經夠成熟，不會再因這些事而傷心，但原來你還未有你想象中堅強的蛻變過程。這不用勉強，始終我們都有脆弱的一面，只不過不習慣展露於人前。

你應該要憎恨他，然而你沒有。

恭喜你，你終於都修練到這地步。

分開後繼續疼下去

有沒有試過愛一個人，愛得甚至與她或他分開以後，你仍然是同樣地照顧這個人？或許是愛他太久了，所以你認為疼他是理所當然的事，他一有需要，你都會盡力幫助他。這是你的責任嗎？不，你和他早已不是戀人，然而你還是會把他放在心裡一個特別的位置，與要好的朋友同級，但又不是你的好朋友；他是你的前度，但你還是會與他保持聯絡。

人總是這樣奇怪的，會把一些關係弄得曖昧，起初或許也會探究這關係應該怎樣維持下去，但後來你還是認命了，他還在，只不過他不再以戀人的身份在你身邊存在而已。你能接受嗎？不，但你也已經沒再為此辯論。他不時會找你，你也不時會告訴他有關自己的事情，然後兩人繼續握著手上的這一條線，直到甚麼時候？或許是某人終於要走進人生另一個階段？又或是終於有人覺得不想繼續維持這種關係？有時候，兩個人還是會聯絡，也代表兩個人都有想繼續聯絡的意思吧？不要把責任全推給對方，你一天還與他聯繫，就代表你也決定維持這樣子的關係。

你疼他，但已經不再愛他了？也不能說是不再愛他了，但那一種愛已不像往日戀人般的愛，畢竟你身邊或許有人，他身邊或許也有新的人。你和他都清楚明白，牽著自己的手走進教堂的人，一定不會是到這刻你還在疼的這一位。

那麼這關係可以繼續維持下去嗎？當你真正成長過後，一切都變得沒關係了，你這才發現一些從前曾困擾你的事，現在回頭看其實也不是甚麼問題。就像你曾經很執著，不想失去這個人，然而失去與不失去根本不由你去決定，重點是，他想不想被你擁有而已。

還是不用太傷春悲秋吧？有一個好朋友以上，親密卻又陌生的人存在，嗯，就這樣吧。

你親手傷害了最親愛的人

你親手傷害了最親愛的人，傷害當刻，你自己或許也沒有察覺，甚至會合理化自己對她的傷害，反正都要分手了，乾脆一點、灑脫一點、狠心一點，不再拖拖拉拉才會減輕對她的傷害吧？對，你沒有再見那個人了，你以為這樣子就能夠把傷害減到最低，但你看不見，就以為她應該不太傷心了？她只不過在你看不見的地方傷心，那段天昏地暗的日子，是她自己一個人捱過來的，因為你選擇「完全缺席」。

後來呢？為甚麼是你先懷念呢？對，可能你近來有空，開始有時間回想前陣子的事情，這段時間你應該過得頗快樂吧？然後你想找回那個人，那個人應該都不再傷心了吧？正好，那麼代表你可以與她重新做回好朋友了。然後你有去找她嗎？她又有沒有理會你？若沒有理會你，你又會否覺得不解，為甚麼都過了一陣子，她還是未放得開當天的事情？可是你又有沒有想過由分開到你想重新找回她的這段日子，她是如何渡過的？或許到這一刻，她還是未能夠完全克服。

你聳聳肩，不以為意，好像不太明白她為何如此放不開。你不也曾經是她的戀人嗎？你現在看來不也是很灑脫了？為甚麼你可以輕輕放下，但她卻不可以？這的確不是甚麼必然的事，你不是必然地要對她好、你不是必然地要像她一樣放不開、你不是必然地要承受分手之後的傷痛。但有一件事你得要明白，放開一段愛情，每個人都有時差，你這一刻從容不迫，不代表你很久以後回看這愛情時仍沒感覺。除非你是從未真正愛過這一個人，不然這只是時差上的問題。或許終有一天，你會真正感受到那個她其實有多傷心。

愛情從來都是這樣來來回回，你不愛她時，她還是很愛你，到她決定真的要走的時候，你又會覺得不捨得，想她不要從此消失。

說到底，你最愛的人還是你自己吧？

愛太多次會累

這一次，可不可以是最後一次戀愛？跌跌撞撞過太多次，現在的你反而渴求安穩，畢竟年紀也不算小了，從前或會貪那位比較漂亮、那位比較帥氣，而後來你才明白外在雖好，但內在更重要。你希望找一位能夠陪你走餘生的人，最難得是他與你同聲同氣，你們簡簡單單就能過日子。這種平淡本身就是福，然而要頓悟到這道理，也需要你有一定程度的經驗。

這位能與你過平淡日子的人若太早出現，你或許還不懂珍惜，要懂得欣賞平淡，你必先經歷過驚心動魄。若沒有經歷過患得患失的愛情，你或不能領悟平淡是福的道理。其實說穿了，喜歡一個人理應要快樂，而非煩惱，但為何仍有如此多的人執著於令人苦惱的愛情？或許那些令你煩惱的事都是你必須經歷的，你總要拍過好幾次不同的拖，碰見過幾個不同的人，遇見過幾段不同的愛情，才能從這些親愛的人當中領悟到底你最愛的人是誰。

你以為最了解你的人是你自己？對不起，你就是因為不了解自己，所以才開始了好幾段不同的愛情，又以不同形式的傷害告終，但這同時也令你愈來愈成熟。不敢說你已看透愛情，但這樣至少減輕了你從前的一些執著，不是嗎？從前你有不少擇偶條件，這個人達到你擇偶條件的頭三項，卻未能達到第四、五項；那個達到你第三、四、五項，卻未能達到頭兩項。你以為只要你夠耐性，就一定能遇上達到你五項要求的人，但結果呢？或許你真的遇到了，若是這樣子當然恭喜你，然而更可能的是，你最後還是遇不上這個五項全能的人。再者，你的要求在不知不覺間亦變得不同，甚或有部分要求消失了。為甚麼？連你自己也答不出來。

但有一件事你是很清楚的，原來愛得太多遍，真的會很累。這就像削蘋果一樣，每愛一次就像削一次，若削至蘋果芯也出現的時候都不能嚐一口，多慘？其實我們都脆弱，實在不能承受太多次的愛情，畢竟每一次重新愛一個人，都很累。

若這一次，是你最後一次戀愛，恭喜你，或許你也在愛情路上兜轉得太久了，這一次倒不如就專心一點。平淡是福，當你領略到這道理的時候，或許就是你真正愛得成熟的時候。

「未完成」的關係

你身處在一言難盡的愛情裡嗎？他和你是正式的戀人嗎？還是你和他像極了戀人，卻又不是正式的戀人關係？你和他看來都不想身處這種關係裡，然而誰也沒辦法提出向前走的方法。他有苦衷，你有理由，結果兩個人在一起了，但又好像沒有在一起過。

若然能簡簡單單地在一起，誰不想？但你和他在不知不覺間身陷這一種關係，背後有一定的原因，或許這刻只要誰去嘗試改變這種關係，就會落得非常慘淡的下場？人類是容易變得慵懶的物種，某些關係一旦穩定下來就不會想作太大的改變，就算那本身是一種「未完成」的關係，既然在相處上沒有太大的問題，那麼就繼續如常下去吧？

何謂「未完成」的關係？一般來說，兩個人從相遇到相戀，那麼他倆之間的關係應該由朋友變作情侶吧？這明明是自然不過的事情，然而有些人就是在這個過程裡出了些問題。朋友以上，戀人未滿，兩個人清楚知道這是「未完成」的關係，但誰也沒有再努力去行前多一步。沒辦法，或許是錯過了「凝結的時間」？就像水凝結成冰的過程中，一旦出現甚麼問題，成不了冰，水的味道也變得不一樣了。

為何當天沒有一鼓作氣？是因為有第三個人的存在，那個人可以是她未分手的前度，又或是她認為那個前度給她的傷害太大，所以令她一下子不能投入到另一段愛情裡去？原因實在有太多了，唯一可以確認的，是他和她之間的愛不夠。若然愛足夠，其實是不會陷入這種尷尬的局面中的。這種進退失據的愛情，一旦身陷其中，就難以找到清楚的方向前行。愛情就是愛情，當其存在未有足夠的力量支撐，隨之而來的不穩與不安，就足以摧毀這愛情的本身。

若你也身處在這種「未完成」的關係裡，你會如何自處？兩人之間，總得要有一個人先開口，無論是走還是留；「未完成」的關係本身是一個結局，還是一個過程，真的要看兩個人有多愛對方了。

最後悔失去的一個人

跟他分開之前，你心裡一直幻想，若跟他分開就好了，反正都愛得如此疲倦，分開之後，不就會更自由嗎？對，分開之前你的確這樣想過，但分開之後呢？你有沒有覺得更自由了？還是在與他分手以後，你才發現，原來一直沒有察覺到他的好？

然後你開始有點後悔了，甚至開始懷念他的好，可是當初是誰提出分手的？你或許會說，不是你。對，因為你連這個當壞人的角色也懶得去當，於是就繼續不瞅不睬、繼續冷淡如水、繼續無靈魂地與他相處，然後始終有一天，對方會首先說分手吧？

看，真好，連壞角色也不用你當，就可以輕鬆地全身而退。不用再聽這個人的囉嗦，也不用再負任何責任，這不是你一直想實現的事嗎？對，從前他在你身邊，你覺得沒有自由、你覺得看不見將來、你覺得處處受束縛，那麼他成全你了，不用你負責、不用你費力、不用你當壞人，他就這樣靜悄悄地在你生活中消失了。看，你的世界從此多寧靜了？

可是怎麼過了不久，你就開始懷念他了？你不是不想再受到束縛了嗎？怎麼這一刻你終於掙脫了他，理應可以完成從前許多很想做的事，但是你沒有做？彷彿自從他離開了以後，你就再沒有快樂過似的。

愛情真的很喜歡作弄人，這刻我多麼多麼的掛念，但怎麼在分手的那時卻沒有這一種感覺？這是怎麼了？這是對我分手分錯了的懲罰嗎？我現在覺得後悔，但是會不會已經太遲了？原來當我記起你如何對我好的時候，我才察覺，是自己親手趕走了你。那時候，你或許曾經回來過幾遍，但我沒有為意，甚至覺得理所當然，但原來如此懂得照顧我的你，也會有在我生命裡消失的一天。

這能怪誰，只能怪我自己吧。

因為我失去了一個不應該失去的人，而且是我自己放走他的。

劃上休止符

有些人，上一段愛情結束得不太圓滿，結果連帶其後的愛情都受到影響。或許是因為上一段愛情，你是認真計劃與那個人天荒地老，可惜事與願違，不知道是他做錯事，還是你錯過了，總之想象中的幸福並沒有發生，你也只好認命，從那段傷心走出來。然而你克服了那時候的愁緒，卻沒有做好重新愛人的準備，結果在之後的愛情路上，你並不是太順利。

老實說，仍然受上一段愛情影響的人很可憐，只因他們其實並沒有做錯甚麼，她或他只不過是太愛那一人吧？結果那個人的決定，令這個她或他仍然困在那一年。那一年是何年？你閉上眼就會記得，彷彿隨時能回到那分手的現場，他怎樣輕輕一語，就決定結束與你不知已經多少年的感情。他好像已經早有心理準備，唯獨你仍然不太理解，半推半就地嘗試接受這個結果。

你花了多少時間放開上一個他？還是你根本沒有嘗試過，只是任由時間自然地溜走？說穿了，若你不願意直接面對這殘忍的事實，時間就只能撫平你表面的傷口，而不能贈你新的智慧去面對往後的愛情。

後來有多少人對你好？又有多少人因為你的猶豫不決而和你告別？在你未放開上一個他之際，其實也有不少人同時在等你，只不過看來你的耐性都比他們好，他們都走了，而你卻一個人固執地等著另一個誰。

對，與上一個他的回憶實在太美好，除了那個他的確討得你愛，還有那個時候的你，的確身處最快樂的時光裡。然而你又有沒有想過，那段時光已是過去式，就算讓你找回那個他，再回到同一個地方，嘗試做同一些事情，對不起，你只能重溫那段時間表面的甜蜜，卻不能重新擁有那段時間的幸福。

有沒有想過，其實上一段看似不圓滿的結局，或許是你最應該經歷的波折？你把自己困在那一年多久了？只有你自己才知道，能夠放過你的人，是你自己。然而你曾經以為愛情是不須要面對的課題，所以自從遇過那個人之後，你就沒有認認真真地去愛過另一個人，可是這樣漫無目的地在愛情路上遊走，你不感到疲累的嗎？

都已經多少年了？你還可以任由自己這樣子多少年？你又可以繼續辜負多少個疼愛你的人？

就算再不捨的回憶，你都須要替它劃上一個休止符。

只有你自己才知道，那些回憶裡的甜蜜，其實早就已經消散無蹤。

屬於你的幸福。

屬於

你的幸福

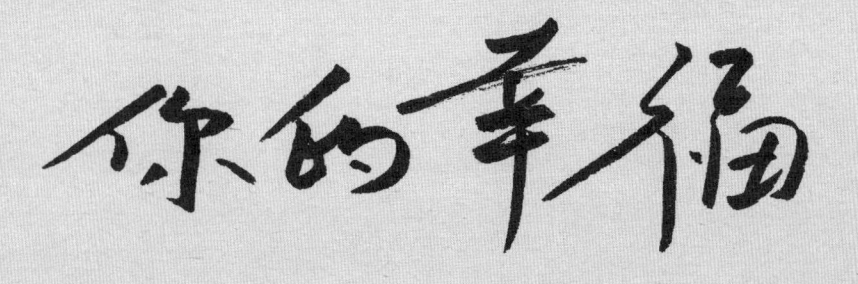

放開手，

放開手，
才能捉緊真正

才能捉緊真正

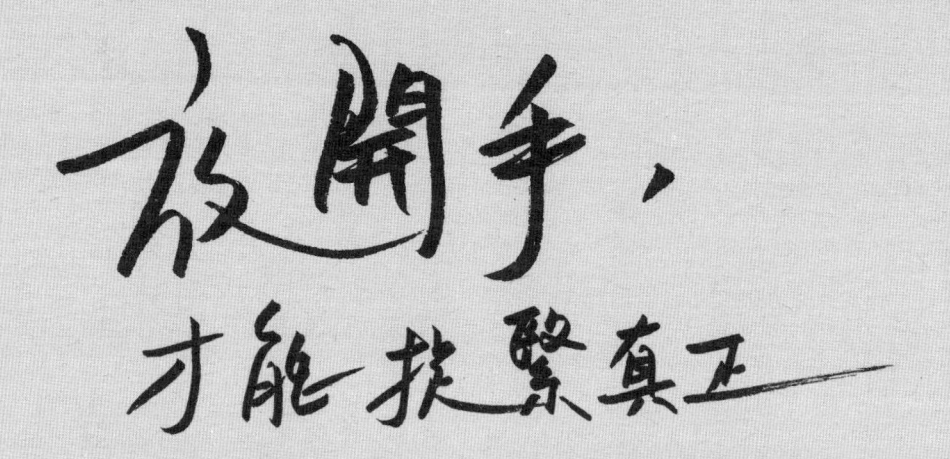

當你願意狠下決心

當你願意狠下決心的時候，連你自己也想象不到自己能夠如此絕情。或許都拖得太久了，應該一早要分開，因為你心底裡對他不捨，結果你拖了又拖。直至現在，你也不敢說對他沒感覺，只是你也清楚明白，若你不狠下這個決心，你是沒有可能真正地與他一刀兩斷的。若你任由這種欲斷難斷的情況繼續下去，最後真正受苦的人會是誰？

在愛情裡最痛苦的，莫過於放不下某一個人，尤其是你明知道要放下，但你就是放不下那個人。為甚麼會這樣？只因為當你決定與某一個人在一起，而你又真正地愛上了這一個人時，你就不再只有自己一個人了。你的生活、你的習慣、你的世界從此多了一個他，因為信任，你容許他走近你的心靈，但亦因為這份信任，你給予他能夠直接傷害你的能力。老實說，遭一個陌生人傷害，痛極也有個限度，但當傷害你的人同時也是你愛的人呢？

放下一個人，我們需要以年計的修練，不是太多人敢說自己已經放下當年那個很愛的人吧？真正的放下是祝福，甚至聽見有關他的事情，你的心情也不會受到太大的影響。一些你曾經多麼不接受、不敢想象的情況，例如他與其他人幸福的模樣，如今想起來，你都心如止水了。這很好，回頭看，你才發現若你當初不狠下決心，就根本不會有後來能割斷思念的你。

有些思念是有害的，一些過去了的幸福回憶，不知不覺之間麻醉你的痛覺，當你回過神來，發現那些幸福早已經不再屬於你的時候，痛楚便隨之而來。這是我們不少人的寫照，於是我們渴望找到止痛的方法，幾經失敗過後才發現，對著那一個你很愛而你最後得不到的人，是不會找到止痛的方法的。你只能任時間流逝，直到某一天忽然發現：「嗯？好像有一陣子沒有再想起他了。」

這也好，你正朝痊癒的方向前進了。

當你願意狠下決心的時候，連你自己也想象不到自己能夠如此絕情。

只因若不狠下決心，你根本不能在死胡同裡走出來。

內疚能夠殺死一個人

內疚的感覺能夠殺死一個人，你以為多做一點好事就能夠彌補，但抱歉，你曾經傷害過某一個人，就算到更遠的後來，每當你想起這個人，你心裡都會有一陣內疚。沒辦法，你當年對這個人所做的事情已成為事實，當時你甚至以為這不算是甚麼傷害，然而隨著時日過去，你再長大一點以後回頭看，才發現你當天對這個人所說的話、所做的事、所作的決定，統統都是很實在的傷害。

我們都不想當壞人，但有時候，其實未必是你想當壞人，而是形勢所逼，你不得不作一些決定，而這些決定往往都會令另一個人傷心。那個人曾經有好一段時間與你很親近，凡事都會與你分享，你也很樂意去聆聽。但後來須要下決定的人是你嗎？須要由你當這個醜人的角色嗎？下的決定是甚麼？大概是你選擇了其他人，經過你自以為成熟的思考之後，你作了這個當時你認為正確的決定。

那麼這決定正確嗎？若然多給你一次機會，你會否對她或他作同一個決定？若然那是一個跟你沒關係的人，你傷害她或他根本沒問題，但正因為這個人曾經與你親近，後來你才介意自己竟然曾經這樣子，這樣子親手傷害一位與你如此要好的人。這樣子的內疚，避不開、躲不了，只會如影隨形，每當你想起這個人，你就會痛恨那個時候的自己。

那麼可以如何解救自己？這是不少被內疚感折磨得死去活來的人很想知道的答案，然而要減輕這內疚感，解鈴還需繫鈴人，你會再遇見這位曾給你傷害過的人嗎？還是，你和這個人不應該再見了？

聽過一個這樣的小片段：很多年以後，男孩和女孩終於再相遇了。或許因為已經過了很多年，大家連當天爭執的經過也忘記了，男孩和女孩相視而笑，卻未有太多的對話就此告別。

轉身準備離開之時，男孩忽然說了一句：「對不起。」

女孩是聽見的，但她沒有回頭，只是輕輕回了一句：「都過了那麼多年，沒關係了。」男孩看不見，女孩說時其實眼淚在眼眶打轉，然後女孩就繼續走她應該要走的路。

不要緊了，都過去了。

放不下一個人的原因有很多

口講不再介意那一個人，但既然仍掛在口邊，又是否代表仍未放下？放不下一個人的原因有很多，可能是你仍然很愛他，亦可能是你明明已經不再愛他，但依然不能放下。為甚麼呢？你的確已不再愛他了，但當天他所對你造成的傷害猶在，恍如舊患般不時復發。

你納悶，明明已不再愛他了，但他對你的影響卻仍然存在。你愈說不介意，愈顯得你其實很介意。

不愛一個人，卻又未放下他，真的會有如此矛盾的情況嗎？有的，經歷過的人會明白，你與那一個人是絕對不會復合的了。他可能另有新歡，甚至已經成家立室，但他對你的影響猶在，這個是你不得不承認的狀態，而這並不健康。但若然你裝作沒有事，反而令自己的思緒陷入一個更難掙脫的境地。

說穿了，他是你最愛的人，也是最能傷害你的人，而且傷害已經確確實實地造成了，不會因為你和他的身份有變而令傷害消失。就算他不再是你的戀人，但對你造成的傷害卻如影隨形地纏在你附近，你試過不同的方法不去想他，可能是逼自己痛恨他、可能是逼自己接受新的事物、可能是忙其他的事以遮蓋這一種傷害。有沒有效？只有你自己才知道吧。

愛情是一種沉澱，你受傷時年輕，不代表你成熟後，傷口就自動癒合。人生裡有太多的時間，我們都只是忙得忘記了某些痛吧？但一旦想起那個人，那陣子幼嫩而脆弱的你，好像就忽然回來了。

知道嗎？有一些公道是不能討回來的，尤其是愛情裡的公道，就算當天明明是他做錯了，但他不會跟你道歉，更不會為對你人生所造成的影響負一丁點責任。畢竟在他的角度，他對你的責任早已於分手時掃得一乾二淨。

留下來的，是你自己應該如何面對這一個你不應該介意卻又其實很介意的人。

首先，不用強迫自己。真的，真的不用強迫自己，不用過度醜化他，也不用過度美化他，你甚至不用在意這一個人吧？只因他對你已不用負任何的責任。須要對你負責任的，就只有你自己。

愛情真是有夠艱難。

曾經的最愛

能夠與你曾經最愛的人重新做回好朋友嗎？這聽起來有點超現實，但其實真的有些舊戀人，最終克服了愛不下去的傷痛後重新聯繫。起初或許有一點尷尬，但後來都總算習慣了。習慣甚麼？習慣那一個曾經屬於你的人不再屬於你，而你毫無怨念地接受。畢竟都過了那麼久，又何必要追究些甚麼呢？

「不如我們重新做回好朋友？」這是不少剛分手的戀人會問的問題，但也是一種莫大的諷刺。這條問題背後的目的，對未捨得放開手的人而言，或許想退而求其次，勉強把那個人留在附近；對想乾脆斬斷關係的人而言，則或許想減輕心裡些少內疚感，又或是自以為提出了一個沒分手那麼痛的選項。但最諷刺的是，這個根本不是甚麼選項，只不過是逼仍愛著對方的人放開手，又或是合理化想放開手的人「我已經給你多一個選擇，你還想我怎麼樣？」的心態。

說穿了，若剛剛分手就能立即重新做回好朋友，這只不過代表你倆根本沒有真正地相愛過吧？

分手後，我們都要經歷一個「否認」的狀態，所指的是真正分手，而非不時用來恐嚇對方的做法。當分手真正來到的時候，若你是還未接受失去對方的那個人，你會經歷一段否認已跟他分手的時間，你或許會說這是冷戰中，甚或繼續在好朋友面前表現如常。有人提起他呢？你自然地回話、聊起他，彷彿他還是屬於你的。但只有你自己才知道，其實你只是裝著與他沒有發生問題。

為何會有這種奇怪的舉動？這或許反映我們在愛情面前的無能為力，我們以為只要一天不公告天下，戀情一天都能夠有轉機。事後回看，那陣子的時間都是蠻難過的，因為你可憐得把自己都騙透了。甚麼？與他分手了嗎？這次應該也不是真的吧？

結果，這一次是真正地分手了。你努力否認，但你最終也不得不承認。

回到正題，那麼可以跟曾經最愛的人做回好朋友嗎？不知道，每一段愛情都是不同的。但我唯一知道的是，總有一天，當你再碰見這個人的時候，你不會再有想哭的感覺，換來的是平靜無聲的心境。

相信我，這一天始終會來的。

感激過去的某一人

要感激過去的某一個人，若沒有當天的他激勵你，未必有今天獲得如此成就的你。激勵大多有兩種，一種是他真心鼓勵你，而另一種，或許是他有意無意對你造成的傷害，反而造就後來努力發奮的你。那是怎樣的傷害？是因為他沒有照顧你而令你成為獨立的人？是因為他沒有把你的夢想放在眼內，反而促使你努力追夢？這聽起來有點負面，但的確只有那一個人，你曾經如此在意，在意得願意完全改變自己。

你曾經以為這種改變，甚至扭曲，能夠讓你真正得到這個人，然而你最後沒有得到他。失去了他的你或許也頹廢過好一段時間，然後你也終於振作了，終於找回你真正想完成的夢想了，於是你拼了命去努力。跟他分開的痛苦，反而成為你的推動力。隨後花了一年？兩年？你終於也有一點成績了嗎？你微笑，再望向你的右邊，那個他不在了，但不知道那個他可有想過其後的你，會因為他當天的狠心而變得更堅強？

感激某一位過去了的人，然而這種感激又不能算是真正的感激吧？只有你自己才知道，在心底裡你仍然在意那一個人，但你也清楚知道他已不可能再成為你的身邊人，與其說感激他，倒不如說感激當時的那個人吧？他當時未必真真確確傷害過你，只不過你實在太介意這個人對你的評價。其他人怎樣評價你，你根本不介意，你只介意這一個人，而這一個人當時的反應，就是搞不懂你為何那麼介意。

對，其實連你自己也說不出個所以然來，為何你當天會如此介意這一個人？就算到今天事過境遷，你還是會有點介意？或許人生就是這樣子，有些人和事不是你當時努力就能留得住，於是你努力再證明自己，儘管過程或許會有一點痛苦，但你最終都克服了。你沒有因為他的離開而頹廢太久，相反你因為他的離開而成就自己更多。

要感激過去的某一個人。

你這刻心裡想起誰？

我們到這裡就好？

我們到這裡就好？聽起來有一點傷感，但在我倆的關係變差之前，就這樣停留在最好的時候，這不是比較圓滿嗎？不少人都會因分手的問題而鬧翻，自此老死不相往來，但眼前的這個人不是你喜歡的人嗎？你怎麼捨得傷害他或她呢？儘管有些關係不能再走下去了，但至少我們都保持分手的禮貌，不出惡言，甚至嘗試重新變回朋友。對，這絕對不容易，因為曾經的愛情恍如玻璃般易碎，稍一不慎，就連再見面的資格也會失去。但我倆就是想努力嘗試，嘗試把這個曾經的戀人用另一種方法留在身邊。

「你說，若然我遇見了另一個女孩，你到時候會怎樣？」男孩問。

女孩想了一想：「我想，我應該會生氣一陣子，然後會等你再找我。」

「找你幹甚麼？」男孩感到奇怪。

「你一定會想找我，然後與我重新聊天，雖然那可能是很久以後的事。」女孩淺笑：「那麼你呢？若然我遇見另一個男孩了，你會怎樣？」

「我？」男孩頓了一頓：「和你一樣啊。」

說得輕鬆，但男孩和女孩的故事，我們不少人也經歷過吧？最後沒有繼續走下去，但又捨不得就此失去對方，然後兩人緩緩地各自走遠，只望對方別太重視自己。

若某一天各自的故事真的有新發展了，誰也不會抱怨誰，畢竟選擇曾放在二人眼前，但二人的默契是不再做戀人了。別誤會，其實兩個人不做戀人，也不代表不疼愛對方吧？不能成為戀人的原因有很多，或許是愛不夠，但更可能是上天也覺得你倆比戀人更適合當朋友？

不能再做戀人，除了從此不再見以外，還有沒有其他的結局？或許有吧，只看你和他有多珍惜對方，珍惜這一個差不多可以說是獨一無二的人。你和他會選擇從此不再見，還是緩緩放下，讓這本來如玻璃般易碎的感情，由愛情回到友情？

「你一定會想找回我的，」女孩說：「因為你很重視我。」

最難尋回的是心跳

愛情不難尋回，心跳才難。

在回憶裡，總有一兩位能夠令你心跳的人。心跳的感覺是怎樣的？是當你真的很喜歡這個人時，你會毫不修飾、毫不遮掩、毫不要臉。說真的，你曾經有好一段時間，只要聽見他的名字，你的心跳就會加快。這真好，或許那是青春裡最美好的時光，你說愛就愛，頭也不回，世界彷彿只有這一個人值得你注意，而那個時候的你也是多麼值得你懷念。

後來和那個他是怎樣分開的？你和他是準備好分開的嗎？起初你還以為有機會復合，畢竟所爭吵的都只不過是些小事吧？然而那夜過後，你和他便沒有再見面了。我們大多都是這樣子，不知不覺地擁有一個人，也不知不覺地失去一個人，到你終於意識到失去了他的時候，才開始後悔。

與這個他分手後，你主要會記住與他的兩幕，一是分手時的傷心欲絕，二是起初與他最甜蜜時的心跳。你和他的開初，應該也是你人生裡數一數二的快樂時光，無論你做甚麼事，你都想有他在身旁，尤其終於有機會與他計劃第一趟旅行，你可能興奮得睡不著。真有趣，原來心跳的感覺，能讓你明明是個大人也活得像小孩，唯獨他有這樣的能力吧？說起來，其實這也是一個巧合，這個年紀的你剛好遇上那個年紀的他，然後兩人順利地開始，也很順利地熱戀。那段日子裡好像過得特別快，全因你真正擁有這個人。

青春裡，有些心跳的確很難重演。就算給你再遇見其他人，你也會發現你愛人的方法變了。你愛得更小心，因為你已經有經驗，於是你知道愛情大概有多少個階段，起承轉合你都掌握得夠好了。然而正因為你掌握得太好，也愛得太小心，便失去了當天還有點稚氣的自己。

或許你愛過很多人，但令你記得一輩子的就只有一兩位。

因為那時候的愛情，是能夠讓你心跳的。

愛自己的最佳時間

有些人害怕單身，但有些人卻享受單身的時間。事實上，單身的時候最自由，一些妳曾經為了拍拖而未能抽時間做的事，這刻妳終於可以專心去做了。從前妳花了不知多少時間患得患失，不是嗎？他沒有給妳回訊，妳也可以花上一整個夜晚忐忑，心情壞透，同時亦在浪費時間。對，這的確是在浪費時間，因為近乎在乞討那個人的憐愛，不是浪費時間，是甚麼？

當然這也要看你遇到了甚麼人，上個他或許真的太浪費妳時間，妳好不容易才從那個恍如沼澤的痛苦裡掙脫出來。回頭看看那個傷痕累累的自己，才發現有些愛情上的痛，其實真的有點無謂，因為我們都花了太多時間去經營一些爛的愛情。若那個不是對的人，妳再重視他都不會成就對的愛情，尤其當妳重視他多過自己的時候。

妳曾經以為這就是愛，但愛是甚麼？愛是妳凡事都會先想起他，吃到味道好的東西時，妳會想他也能嚐到；逛到好地方時，妳會想他也能來走一走。總之妳凡事都會先想起他，但誰又會先想起妳？他會嗎？看來不會。這一點妳是知道的，這恍如失衡的搖搖板，妳總是坐在愛得重的那一邊，回想起來也覺得辛苦。

在這種不對等的愛情裡掙脫出來，重回單身，是特別難習慣的。因為妳為他著想久了，就忘記了怎樣替自己著想。然而，這也是妳要努力練習回來的。真慘，太愛一個人的後遺症，就是忘記了怎樣愛自己。

當妳終於肯承認自己是單身了，這很好，因為精彩的章節才剛開始，不是嗎？因為妳要傷心的都傷心過，要流的眼淚亦流乾了。既然都已經傷心到極致，那麼妳就不會比現在更傷心了。這正是時候，讓妳開始想想自己，想想妳真正想做的事情。

單身，才是妳找回自信的最佳時間。

當我們下次相遇

不知道我們下一次的相遇會是怎麼樣的呢？

那時候你曾經跟我分享過的目標，那時候我曾經與你坦白過的夢想，不知道當我們下次相遇時，會不會都已經成功實現了？說得老土一點，還真的要感謝你，或許那時候我和你的年紀還輕，對未來的未知充滿好奇，那時候我們曾約定過會一直陪在對方身邊，現在回想起來或許會苦笑一下。

說真的，那時候我真的以為會跟你一直走下去，我甚至不敢想象失去你之後的日子應該怎麼過。

可是都過去了，我和你都回不去了。自那夜分開以後，我和你都各自努力生活，偶爾我會無意地在社交媒體看到你的近況，不，或許是有意吧？按進你的臉書，它諷刺地邀請我將你「加為朋友」，但真的能夠按個鍵就重新做朋友？還是有些人愛過後就不能退回好朋友的位置？我知道你的近況好像不錯，同樣地你看我的近況也一樣吧？只不過我們的「不錯」或許只是表面？我們過得怎樣「不好」，從來沒有公開地寫過出來，就這樣收藏在心裡。

老實說，跟你分手的那一年，不算是過得好，但後來總算是習慣了。有人說時間能沖淡一切，但其實真的可以嗎？怎麼都過了那麼久，我好像還有點在意你。

我在想，當天那個還有點稚氣的你，和那個還未夠成熟的我，若知道我倆後來會成為這樣的陌路人，他們會有怎樣的想法？他們會傷心嗎？會想辦法避免後來的離別？老實說，對那時候的男孩和女孩來說，分開真的有點不可思議，這近乎是沒可能的事，尤其是熱戀中的情侶，誰敢去想分開後的畫面？而且，那個人不是答應過會一直愛你嗎？

誰最後不守承諾了？

既然已經經歷過傷痛，我倆亦好不容易跨越了，那還有需要去追究嗎？既是如此，不如努力笑一個，然後繼續過好自己的生活，不要再傷害自己，也不用再如此投入地愛一個人。這聽起來有點哀愁，但當愛一個人而受到的傷害超越預期時，有好好保護自己的想法也很正常。

不知道，我們下一次的相遇會是怎麼樣的呢？

我想，我和你都會各自過得安好的。

愛得倦了

愛情的尾聲，是教人覺得最疲倦的。

你知道與這個人已經不能再走下去了，但是有太多的習慣戒不掉，每星期的行程漸漸變得千篇一律，你渴求改變，然而你卻被囚禁在這段關係之中。為甚麼好端端的愛情會走到如此的地步？是兩個人本身就不適合？是兩個人在相處後才發覺大家性格不合？還是外面的世界太吸引？有太多的原因能令兩個人的愛情走下坡，但是說到底，其實只不過是「我好像不太愛你了」而已。

這是愛得自私的表現嗎？明明那個人還好像在熱戀期似的，凡事仍然很照顧你。你知道的，他對你很好，他的確對你很好，但是你也清楚知道你想掙脫這段關係，只不過你找不到一個合適的時機開口，於是一直拖延下去，直到有些狀況發生了，那麼你就可以名正言順地結束關係。原來從熱戀期覺醒，每個人的時間都不同，這就像時差，你好像沒那麼愛他了，但他依然很愛你。

若愛情一旦失衡，無論對誰來說都是痛苦的開始。在那個他的角度出發，他是可憐得連自己做錯甚麼也不知道的傻瓜。對，他沒有做錯甚麼，甚至你希望他真的做錯甚麼，心想這樣更好，起碼能給你一個理由可以跟他分手。可是他真的沒有做錯事，甚至可憐得開始察覺你想離開他了，卻還是對你很好。

但是，若一段關係只剩下內疚，是否還是一段健康的關係？愛情沒有甚麼誰對不起誰，就只有愛與不愛。被放棄的人固然傷心，但放棄不愛的那個人，或許也有他自己的苦衷。明知道愛已經不在了，儘早分開會否反而對大家更好？

對不起，你很好，不好的人是我。愛情的尾聲，是你已經記不起最初跟他有多幸福，明明回憶還在，但你還是記不起那時候的心跳。

若是如此，分開或許是另一種解脫吧？

其實疲倦的人又豈止你一個？

但若然你沒有痛過．

但若然你沒有痛過，

你又怎會懂得珍惜
後來的人

你又怎會懂得珍惜後來的人？

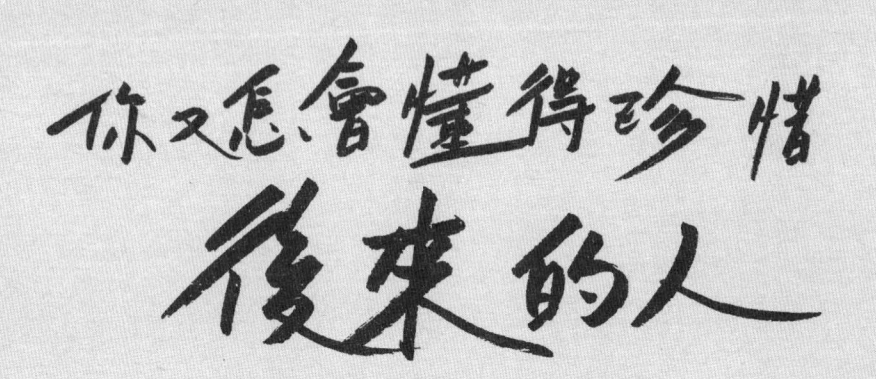

愛情路上，總要遇見壞的人，

愛情路上，
總要遇見壞的人，
他就是要來傷害你。

他就是要來傷害你。

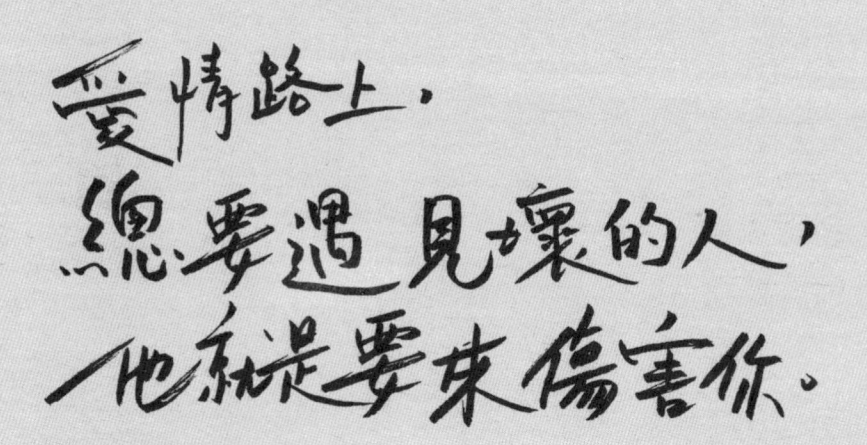

承認他是人渣

他的確是一個人渣，然而你終於願意承認的時候，或許已過了好一段時日。他做過甚麼傷害你的事？他推翻了多少個對你許下的承諾？他怎樣睜大眼睛對你撒謊？其實這明明是顯而易見的，只不過當時你恍如著了魔般說服自己，他不壞，他一點也不壞。

任你身旁的好友如何相勸，你都繼續相信這個人。直到某一天，他確確實實地做了錯事，然而他仍然是那副德性，繼續那一副不要臉的模樣。在那一刻，你腦海最後的那根線瞬間就斷開了。你醒來了，你終於醒來了。

愛上過人渣的人會明白，連自己也不能夠解釋為何會愛上這個人。他剛開始的時候不是看起來不錯的嗎？到後來，你逐漸發現他一直所隱藏的陰暗，起初你說服自己他是有苦衷的、他是有原因的，你甚至裝作不知道，繼續與他嘻嘻哈哈，只盼他會主動告訴你，再向你許下些不會改變的承諾吧？

然而，你沒有等到他坦白，最終還是由你主動揭穿。他起初甚至會跟你鬥嘴，結果呢？證據確鑿了，因為他不能想象「攤牌」前的日子，你是如何像私家偵探般搜證。你無數次按捺著心痛的感覺裝傻瓜，只不過希望他能夠對你坦白，但是他沒有，他只是一次又一次地把你當作傻瓜，更自以為瞞騙的手法得宜。其實真相你一早已猜到八九成，只是你不想承認，也不想面對。

其實這聽起來也有點可悲，你知道你愛上了的人是一個人渣，也知道不應該再繼續愛下去，但你就是控制不了自己的情感。愈心痛就愛得愈深，這不是自虐是甚麼？

他是一個人渣，單單是他背著你所犯的錯，已見得他無藥可救，而你一次又一次地等，以為他會變、他會改，但原來要改變一個人真的不容易。若要他改變，或許要讓他嚐到失去一個真正疼愛他的人的感覺，他腦海裡的那根線才會斷，然後他才猛然醒覺，為甚麼他要當這樣的人渣呢？

可是，我們通常都不能成功見證一個人渣如何重新當回一個人。他會改變，或許都已經是很多年以後的事。

你曾經愛上過一個人渣嗎？若已經是過去了的事，真好，因為通常都不會遇見兩次。

願意忍讓你的人

人生裡最大的幸福，莫過於能找到一個肯忍你的人。為甚麼不是愛你的人？他也愛你的，但更難得是願意忍讓你，這份耐性不容易，因為他真的很愛你才會願意如此忍讓。畢竟都一起那麼久了，你的脾氣是怎麼樣的，他又怎會不知道？

或許你也知道自己脾氣不算太好，但你的這一面實在不多人知曉，為甚麼？只因我們都習慣戴上不同的面具面對不同的人，面對客戶一副面孔、面對老闆一副面孔、面對不算相熟的朋友又一副面孔。沒辦法，這是現實，我們須要以不同的面孔去面對不同的場景，會累嗎？累，當然累，但這也是城市人的集體寫照吧？

唯獨是對著他，這一位親愛而又能夠令你放下戒備的人，你在他面前恍若能做回最自然的自己，像你面對親人一樣。你的這副德性，與你最親的人又怎會不曉得？到你長大後遇見了這個他，你起初對著他也蠻有儀態的，然而到後來，儀態都消失殆盡了。這是好事吧？因為你不知走甚麼運，遇見了這一位願意包容你缺點的人。

能在一個人面前展示最自然的自己，這真的是莫大的幸福。他懂最真實的你，也沒有嫌棄最真實的你。你知道的，最真實的你其實也有些令人難以忍受的地方，但唯獨是他願意去了解、去包容、去體諒。你知道嗎？若是一段真正健康的關係，被包容的你就會提起精神去改善自己，嘗試努力修正自己的缺點。雖然未必能完全戒掉壞習慣，但至少看在那一位愛你的人的眼裡，他會感激，也未必太介意。

說真的，若遇到這一位願意忍耐你的人，而你又很愛他的話，請別放手。

因為遇見一位願意忍你的人，比遇見一位願意愛你的人更難。

老死不相往來

你知道你不應該再找那個人了，斷絕來往，或許是對大家都好的做法。為何不再找對方？你懂的，既然是已經結束的愛情，又何必要無謂地再撥動彼此的心弦？老死不相往來，聽起來或許有點殘忍，但只有你和對方才知道，這是真正祝福對方的做法，尤其彼此都另有「他」的時候，不打擾，才是最後的溫柔。

不再找對方，是否就代表對方從此消失了？不，你差不多每一天都會想起他，想起與他的最初，也好奇他終於找到幸福了嗎？只不過他的幸福不是你，而你也未至於大方得可以衷心祝福他。提起他，你心裡或會有一陣痛，但最痛的時間早就過去了，只不過有關他的回憶，彷彿成為了你心裡的舊患，揮不去也抹不走。你試過盡力迴避有關他的事情，只不過科技太進步，進步得就算分開了的戀人，都總是很容易就會聽見對方的消息。你苦笑，怎麼連斷絕有關他的消息也是那麼困難的？

其實你要練習的應該是心如止水，你總得接受有一個人與你仍然居住在同一個城市，他或她會有自己的際遇，消息或多或少會傳到你的耳邊，若你總是苦苦介意，你又怎能繼續專注走自己的路？若然決定了斷絕來往，你就要堅決到底地絕情，這也是放過你自己的做法吧？

你拖拖拉拉都不知多久了，何必要這麼長情？對一個值得你愛的人尚且可理解，然而對一個本身也對你絕情的人，你繼續愛他幹甚麼？其實在你的世界裡，你不知多少次費盡心神來忘記他，可是在他的世界裡呢？他或許早就記不起你是誰了，他真懂得保護自己，或許打從一開始，他根本就不算太愛你，只不過是你太傻，以為他就是你的全世界吧？

你知道你不應該再找那個人了，那麼就請你決絕到底。你知道嗎？傷害如刀，最傷的不是刺痛你的一刻，最傷的是你一直緊握刀刃死也不放手。拖拖拉拉從來都是最傷人的，但最諷刺的是，最會傷害你的人同時也是你自己。

老死不相往來，其實不算是太壞的做法，你總要懂得保護你自己。不再見就不再見，反正就算再見都不會再相愛了，那麼再見又有甚麼意義？

重複犯錯

愛情上，總有些以為自己不會重複犯錯的人，但原來有些錯，會好像不能避免地重犯。回想起來，這個錯不是在上一段愛情就已經出現過了嗎？為甚麼你還是會重犯呢？當你以為自己可以完美地成長之時，原來你好像還需要多一點磨練。

你重複犯了些甚麼錯？你好像在懺悔自己又無意地傷害了另一個人？世間上的焦點往往落在被傷害的人身上，那麼傷害人的那一個呢？是否真的罪大惡極？還是他們也會有內疚之心，甚至恨自己為何這麼不長進？兩個人在一起，最重要是兩個人都一起變得更好，但若然當中有一個人的壞習慣不改，甚至最後間接摧毀了這段愛情，老實說，這個人不值得可憐。然而當這個人是你自己的時候，你又應該怎樣去調適和面對一再犯的錯？

其實犯錯很平常，我們都是在錯誤中學習和成長的，最重要的是你有沒有自省的能力，能夠察覺自己這樣下去不是辦法，於是你渴望改變，但往往不能一下子成功，你好像改了很多次也戒不掉那一個討厭的自己。然而，既然這樣子的自己連你也討厭，你又怎能讓自己繼續這樣下去？人總是犯賤的，若不失去一個你很愛的人，你根本不明白自己為何要改變。

有太多人都看不見自己在相處上的缺點，甚至諉過於人，認為是對方不夠包容自己。你到後來再與其他人戀愛時才頓悟，這種脾氣像臭屁孩般，怎麼那時候的你可以如此橫蠻無理？然而，當你終於這樣成熟時，當天那個渴望你珍惜的人早已消失在人海之中。

我現在終於都改了，但好像已太遲了吧？

不，你能夠改變還是好的，只不過你不能再報答當天的那個人。相反，你的好是用來讓你遇見下一個更好的人的。對，就是這樣不公平，上一個訓練你，下一個享受你。

你最後變得更好，其實就已經很不錯了。

退回好朋友之後？

一段友情，發展成後來的愛情，然後又漸漸變回友情，這是怎麼樣的變化？有人說，當兩個人之間曾經出現過愛情，就很難回復到好朋友的關係。對，的確很困難，但有些人還是會做到的。為甚麼？只因這兩個人之間的情誼確實穩固，穩固得就算分了手，還是會彼此關心。若然要從此在對方的世界裡消失實在太痛苦，那倒不如換個方法來相處，讓一些曾經發生過的愛情漸漸降溫。愛情降溫後，剩下的就是去蕪存菁的友情？不，是親情。

「嗯……」女孩欲言又止，吃著麵的男孩感到奇怪，忍不住取笑她：「怎麼了？這不像妳啊，有甚麼想說就說吧。」

女孩淺笑：「我拍拖了。」

男孩盯著她，呆了一兩秒再回話：「拍拖好啊，好啊。」

「嗯。」女孩點著頭：「我想會是不錯的開始吧？」

兩人曾經一起過，又或是未正式地在一起過吧？若要形容，倒不如說是大家成長裡的夥伴。在她最需要陪伴的時候，他出現；在他最需要支持的時刻，她來到。兩個人就這樣走了好一段長路，期間有高有低，幸好有個人陪，多崎嶇的路都不會太難走。換作是別人，應該會成為一對幸福的戀人，細水長流？可是，他和她在不知不覺間錯過了最適合開始的時間。每段愛情都會有一個最適合開始的時間，若然錯過，就很難由好朋友的位置攀上戀人的身份。

不少人回頭看，才會察覺那個當時不被為意的時刻。若那時候誰先開口，又或是誰接受了某些愛情，那麼後來的故事又會否變得不一樣？對，在愛情上，我們都很容易錯過那個關鍵的時刻，而且是錯過了之後才察覺。

然後，男孩和女孩就繼續是好朋友，而且還會見證彼此的幸福吧？曾經發生過的愛情，往往都是無憑無證，就像從來沒有出現過似的，但都不要緊吧？難得他和她今天仍能笑著挖苦對方，知道誰是最後陪在對方身邊的人，其實這本身也算是一份幸福吧？

「妳啊，」男孩繼續吃著麵說：「對著他就不要那麼粗魯了。」

女孩立即往男孩的臉送一拳，「哪用你說？」

為何不再回覆你短訊？

你知道我為甚麼不再回覆你的短訊嗎？自從和你分開以後，我和你都好像一直都保持某一種程度的聯繫。有時候，我們會美化這一種聯繫，就像某一位前度雖然跟你分開，但你仍然把他留在生活裡。他的近況，你還是鑾掌握得到的，儘管他身邊明明早已有另一個人。

你以為你已經放得很輕，畢竟與他分手已有一段日子，你和他都清楚彼此不會再復合，然而你還是沒有斬斷與他之間的聯繫，繼續裝輕鬆地與他聊天。他偶爾會說起身邊的那個人好不好，而你又照單全收地微笑點頭，差在沒有多開一個玩笑說那個人與他鑾相襯。

可是，你真的快樂嗎？對著這個人，你明明是仍然有感覺的，可是你欺騙自己，而你又真的相信能夠和他重新做回朋友。只是朋友而已，你理應不會因他而受到任何傷害。

但是你心底裡的想法呢？你身邊的朋友不少，為何總是如此介意這一位朋友？自從他決定要與你分手，而不消片刻就與另一個人開始時，你甚至在心裡算著：到底他是不是和你仍然在一起的時候，就已經與另一個人相好？這些問題通常都不會有答案，畢竟他不會跟你說真話，以免真相太鋒利而把你刺傷。

結果呢？做錯事的人往往喜歡填補自己的內疚，於是他開始對你好，甚至比當戀人時更好。從前連短訊也不多發一個的他，現在對你嘘寒問暖，無微不至，若不是他已經有新的戀人，真搞不清楚你和他到底分了手沒有。

只是這種關係又能夠維持多久？總要有一個人狠下決心結束。諷刺的是，首先親手結束這關係的人，往往也是最愛對方的那一個人。

你知道我為甚麼不再回覆你的短訊嗎？

因為你對我的關心，只不過是對我的另一種傷害。

好像還是愛著你

你曾經用多長的時間來忘記一個人？一年？兩年？那個人是誰？我們心底裡都總有這樣的一位，你真的不能解釋你為何會那麼喜歡這個人。即使分開已久，你心裡還是對這個人有感覺，到底當天你和他分開是不是意外？為何會有一個人分開如此久，你對他的感覺仍然沒太受時間沖刷而丟淡？那不再是哭得死去活來的不捨，而是在心底裡隱隱作痛的感覺。

這些年來，你和他有各自的生活、各自的忙碌，偶爾你會知道他在事業上取得怎樣的成績，同樣地，他或多或少也有留意你的近況。你倆雖然近乎全無交流，但彼此卻像感知到對方仍然關心著自己。這或許只是想多了，你苦笑，既然都不影響生活，把他留在心裡的某一個角落裡，不碰不想不打擾就算了。反正你經歷過分開後差不多每一天都思念他的日子，相比現在，你總算可以平靜地過生活，偶爾才會想起他，這其實已經很不錯了。

如果給你再選擇一次，你會選擇跟這個人開始嗎？若然故事注定以悲劇結束，我想你還是會選擇與他再愛一次，因為那可能是你人生裡最快樂的時光，那時候你擁有他，他樂意陪著你四處遊走，好不快樂。只是後來分手了也是事實，誰都沒辦法扭轉時空，而那個最快樂的你和最快樂的他，也只能留在最快樂的回憶裡了。

可惜嗎？有一點吧，只是時間真的過了那麼久，你也有點佩服自己。你不敢說自己是一個長情的人，但至少身邊有不少對你好的人，而你心底裡卻的確住了另一個人。那年的夏天有一點熱，男孩和女孩流著汗遊走在郊外，聽著蟬叫，吹著涼風，陽光映進眼簾有一點刺眼。你隱約看見他的側面，帶著笑容地跟你往前走著。

你曾經用多長的時間來忘記一個人？

有一個人，注定只能夠在回憶裡尋回。

本文曾刊登於 UBeauty「Column 專欄」

脾氣是可以變好的

脾氣是可以變好的，尤其當你親手趕走了深愛你的人後，你就會發覺要改變的人是你自己。正面點看，我們應該要不斷地變好，從過去的愛情裡找出自己的問題再不斷修正。說起來有趣，你改好了會報答誰？報答在那個離開了你的人身上嗎？不，你只能報答在下一個人身上，下一個人甚至不知道你從前是怎樣的，今天隨和而容易相處的你，說不定有一段比較黑暗的過去。但沒關係，每個人都有過去的，最重要的是怎樣去面對、怎樣去調適，在過去不好的經歷中找出你做得不夠好、不夠成熟的地方，坦白承認再大方改正。不必公告天下，這只是你面對你自己的小事情，有助你怎樣不再犯同樣的錯而再錯過一個你深愛的人。

曾有人很在意那個人的回訊，若太久沒收到他的回訊，心裡就會胡思亂想，腦海裡甚至有畫面，在她不在他身邊的時候，又會是誰在陪伴他呢？為何他沒有接她的來電？是因為他在做甚麼不能見光的事情？為何他寧願更新自己的FB或IG也不願意先找她？看，所有情緒都是糾結的，他或許如她想象中一樣與其他人鬼混，但更有可能真的只是忙碌而已，結果呢？她太過分的逼迫，間接促成了他後來的離開，這一點，她也是到很遠的後來才察覺。

其實我們都在隨著成長而改變，我們要努力的是讓自己變得更好，而不是變得愈來愈差，這需要我們在沉澱過後懂得反思。對，他離開了你，你覺得很傷心，然而又有沒有努力把他的離開由壞事變成好事？對你的成長來說，一個本來就不適合你的人離開你，其實也不算是壞事吧？只是你怎樣去看這件事，尤其在他走遠了很久以後，你實在要把有關他的東西都封在某一個箱子裡，所指的不是有關他的物件，而是有關他的回憶。這是最難妥善整理的，但也是你必須親手做的事。回憶很鋒利，但也只有你才能拿得起，並親手放進回憶的箱子裡。

脾氣是可以變好的，性格是可以變好的。

最重要的，是你可以變好的。

讓自己單身多一會

分手分得多了，心就會覺得累。人愈大，愈難再戀愛，原因正是如此。開始一段愛情容易，結束一段愛情艱難。每次結束一段愛情都恍若抽乾了你的靈魂，無論你是拋棄人，還是被拋棄的那一個，你總不能哄騙自己分手是快樂的。

有些人不容自己太孤獨，不能讓自己單身太久，最好的做法是讓每一段愛情都緊接地進行。為甚麼？難道是害怕人家笑你單身？還是你覺得一個人不能生活？有時候，我們實在不應該逼自己戀愛，單身就單身吧，單身也可以是一種快樂。你不用催迫自己，畢竟你不能控制下一幕會遇見誰。

從前曾寫過愛情路或許是一項長跑賽，有些時候你的確要讓自己慢下來。不是叫你退出比賽，而是放慢腳步、喝口水，再看看遙遙的終點，想一想你跑步的方法有錯嗎？怎樣跑才好？還是休息一會兒讓自己回一回氣會更好？有時候不停地戀愛，不是愛自己的表現，只是在辜負別人，也在辜負你自己。談戀愛慢一點或許會比較快，至少你要讓自己想清楚，到底想往哪跑，哪裡才是你真正的幸福。

分手分得多了，心就會覺得累。那你就以談一場不分手的戀愛為目標吧。怎樣做？可否下一次就挑一個不會跟你分手的人？這當然是不可能吧，但你可以做的，是改變你自己，不再兒戲地胡亂開始愛情，減少輕易開始又痛苦分手的結局。其實你根本不急於有人愛，最愛你的人不正是你自己嗎？

讓自己單身多一會，當放過你自己一馬吧。

反正你若想要人愛，根本不算難事。

本文曾刊登於 UBeauty「Column 專欄」

我願意聆聽你的

當另一半面對壓力的時候，你或許會心亂如麻，因為你很想分擔他的壓力，然而他又好像不太想說出來。或許是他擔心把壓力說出來，只會徒添你的煩惱吧。這出發點當然體貼，但我倆可是同心的，你有壓力時就不應該裝沒事。請至少說出來，讓我知道，可以嗎？

從前在還沒有「我們」的時候，你或許習慣自己一個人來扛，可是當「我們」出現以後，我們就應該一起面對不同的事情。快樂時，我們一起分享，快樂會加倍；哀愁時，我們一起分擔，哀愁會減半。其實兩個人在一起，不只是快樂地吃喝玩樂，還應該要並肩地同甘共苦。

老實說，能夠與你一起吃苦，一點也不苦，因為你是我最愛的人。

日常生活裡，實在有太多不同的壓力。若回到戀人的身邊，你能夠做回最自然的自己，壓力才能夠得到釋放。她與你一起多久了？又怎會不知道哪一面才是最真實的你？在她面前，你不用偽裝，可以卸下那多麼累人的面具；你平日在工作時可能威風八面，但對著最親愛的人呢？你可以放心當回小孩子，至少你有甚麼不開心，都可以放心講，也可以放心哭，尤其是這陣子吧？

其實我們也得承認自己是個普通人，我們有情緒、有壓力，這皆屬正常。感恩上天賜了一位好夥伴給你，明白你不想徒添對方的壓力，但老實說，當你願意跟另一半坦白，他會感到高興的，因為你願意、你選擇跟他說。

相處是甚麼？是分享和分擔。分享，只因你想和他一起快樂；分擔，只因你想和他站在同一陣線。

有壓力，就請說出來，尤其跟你的另一半。

本文曾刊登於 UBeauty「Column 專欄」

一段愛情出現第三者

有些人，當你一回過神來，他就在你的青春裡消失了。變得成熟的你偶爾回首，想起那時候失去他的你如何呼天搶地，然後如何不理尊嚴地想把他搶回來，但有用嗎？問題真的在你身上嗎？還是你當時無論怎麼做，都注定會失去這個人？老實說，不是你做得不夠好，而是那個人不再愛你了，理由就是那麼簡單，只是當局者永遠都不肯接受如此殘忍的真相吧？

「她是誰？」女孩問他，他別過臉來。

其實答案很清楚，就是因為另一個她在不知何時出現之後，女孩和男孩的故事就起了變化。女孩抱怨自己為何當時沒有把他看牢一點？若看得緊，說不定他就不會與另一個她遇上？這想法有點可憐，難道你牢牢地關著那個他，他的心就不會往外走？有些情侶分手，其實不是其中一方有做或沒有做甚麼而引致，如果他要離開你，你無論做甚麼也不會真正留得住他，尤其在這段愛情中出現第三個人的時候。

當你知道他有第三者，那一種感覺應該非常陌生，因為你從來沒有想象過你和他之間會忽然多了一個人，你除了對這種感覺陌生之外，你對眼前的這個他也感到非常陌生。他明明還是那樣子，可是你卻一下子認不出來。

他在你不知道的時間裡到底與那個她怎樣地幸福快樂？一些你從前常說服自己只是胡思亂想的畫面原來都是真的嗎？這樣的事情所帶來的撼動又怎能教你接受，但偏偏這又確實撼動你了，失戀為何會這麼痛，是因為我們大多在沒有心理準備下，就要接受一個應該非常熟悉的人變得陌生，你以為你一直擁有這個人，但原來不是。

平日或許非常理性的你，面對這種劇變也難以不失控。因為另一個她能帶來新鮮感？因為另一個她很懂得照顧他？因為另一個她很漂亮？他沒有認真回答，或許都來到這種境地了，再解釋又有何用？難道解釋後你又能接受現實嗎？到後來你怎樣走過最幽暗的低谷，又是另一個故事了。

你試過不理尊嚴地想把他搶回來嗎？你最後有成功嗎？

還是到很遠的後來，你才想通「失去我，是他的損失」的道理？

還未說出口的對不起

若然給你一個機會，你會想跟哪一個人說「對不起」？

愛情裡沒有清晰的對或錯，有的只是對某個人的愧疚或遺憾。有太多來不及說出口的「對不起」，隨霎時結束的愛情而變得沒有意義。但某些關係是多麼真實地發生過，那些刻在回憶裡的名字，又豈能說忘記就忘記？

愛情裡的遺憾有很多種，有的是因為傷害過人而存在的愧疚、有的是不能與他同偕白首的遺憾，還有很多數之不盡的「對不起」。但這是無可避免的，因為愛情是從不同的錯誤裡成長的事情。

然而，有太多的「對不起」，當你察覺要說出來的時候經已太遲，那時候你以為自己的決定不會錯，你合理化那時候對某人的傷害。結果呢？到很遠的後來，你才發現當天錯的人是你。

還有另一種「對不起」，是你辜負了誰？某一位很疼愛你，但你最後卻沒有回應這份愛。說穿了，是他很愛你，但你不夠愛他吧？既然如此，你當初為何要留他在身邊？你也許會說你沒有，但你終究也沒有拒絕他的好，就這樣，他陪伴了你好一段時光，最後你卻沒有選擇他。他最終也只能懷著一點恨意地離你而去。對，是懷著一點恨意，就算你這樣子待他，他都只是懷著一點恨意而已。

想起某一個人時，你會同時想起一句「對不起」，或許已經是有點遙遠的事。但若然有機會，能讓你在有生之年跟他說一句「對不起」，這也不錯。

因為這世上有太多的愧疚與辜負，最終都無疾而終。任再厚的歲月覆蓋，傷口也仍然會在，血亦從來未止。

未發生的幸福

若你這一刻閉上眼，你最不想失去誰？你腦海裡第一個浮現的人，是誰？

我們不想失去一個人，最後卻又無可奈何地失去一個人。面對愛情，我們都是無能為力的。你嘗過「失去」的滋味嗎？「失去一個人」和「得不到一個人」的感覺是不同的，得不到一個人，代表你從未擁有過，雖然哀愁但痛不入心扉。但「失去一個人」呢？原來當你曾經擁有一個人，到你確定你終究也是失去他的時候，你才發現，愈深刻地擁有過，失去時便愈痛的道理。

這些年來，我們都失去過不少東西吧？在愛情裡，「失去」是一種緩慢的痛，由你發現你可能會失去一個人，到你拼命嘗試卻挽回不果；然後你知道你要失去他了，你因為不想承認而逃避；最後你不得不承認他不再屬於你。但這個你已經失去的人，卻好像繼續纏繞在你的生活裡，揮之不去。

我們要學習怎樣去調息、怎樣去應付、怎樣去接受，那一些命中注定的「失去」。有時候，「失去」是讓你明白「得到」的幸福，試想一想，若然你沒有在生命裡的某個時刻失去一個人，那麼後來的你又會否懂得珍惜另一個人？當一些失去是無可避免的，我們又如何能夠在當中汲取教訓和成長的養分？

「我們會分開嗎？」女孩有點傻氣地問，男孩沒好氣地說：「無緣無故，為何會分開？」

「不知道啊，但你先答我，」女孩再問：「我們會分開嗎？」

「不會啊，」男孩苦笑：「我們不會分開啊。」

多少戀人都曾許下類似的承諾？又有多少戀人最後能信守這個承諾，一直幸福到老？有時候，回想當天向對方許下承諾的自己，都有一種恍如隔世的感覺。當天的他和她，好像都已經在世上消失了。

若然時光可以停留，停留在我仍然擁有你的時光，多好？

擁有得愈深刻，失去時愈痛苦。你曾經認定這個人是你的下半生，腦海幻想過與他組織的家庭會是怎樣的、逛家私店時與他笑著計劃日後的家怎樣佈置、猜算過哪一年走進下階段最好。但可惜，這些統統都變得沒有意義了。當你失去一個人的時候，就連帶與他在幻想之中的幸福也一同失去。

你失去過的人不少，但當中總有一兩位，就算到這刻，當你憶起這個人時，心裡的痛還在。

抱歉，未發生的幸福，就由它留在當天兩人的幻想之中吧。

蘊藏了過去
的祝福。」

蘊藏了過去的祝福。」

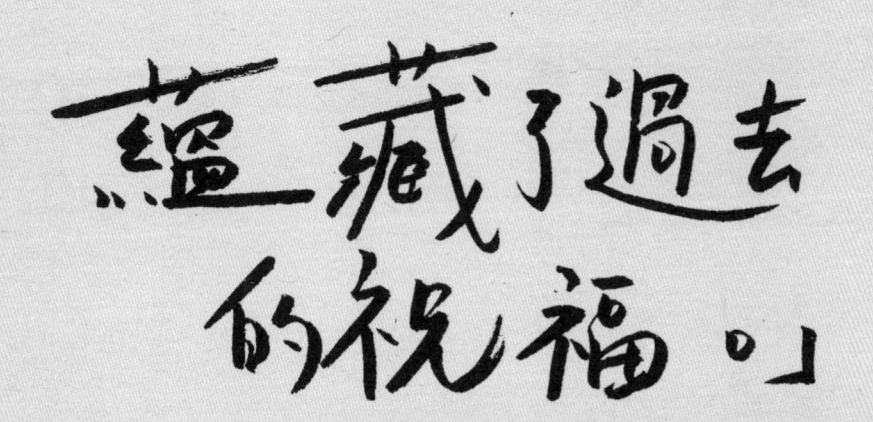

「後來的幸福，

「後來的幸福，

後來的幸福

作者……鄺俊宇

編輯……東，Minami，Tanlui
校對……Akina，Sonia Leung

美術總監……Rogerer Ng
書籍設計……Kelly Ho

出版……白愛出版
白卷出版社
黑紙有限公司
新界葵涌大圓街11—13號
同珍工業大廈
B座1樓5室

網址……www.whitepaper.com.hk
電郵……email@whitepaper.com.hk
發行……泛華發行代理有限公司
電郵……gccd@singtaonewscorp.com
承印……栢加工作室

版次……二零二一年七月 初版
ISBN……978-988-74869-6-1